中华诗词发展报告
2017

中华诗词研究院 编

中国书籍出版社

写作组

组长　王兆鹏

成员　王兆鹏　张海鸥　曹辛华　林　峰
　　　　眭　谦　曾少立　莫真宝　王　贺

编 写 说 明

2014年，国务院参事室党组书记、主任王仲伟，中央文史研究馆馆长兼中华诗词研究院院长袁行霈，着眼传承和发展中华诗词文化、增强文化自信、助推民族复兴的时代任务和中央文化方略，明确要求中华诗词研究院要把组织编写中华诗词发展年度报告作为一项重要工作，全面客观地发布当前中华诗词发展的总体情况，总结中华诗词创作与研究等方面存在的问题，为推动传统诗词创作、理论研究、文献史料整理以及诗词教育、诗词文化交流活动的健康开展提供参考性意见。2014年年底，中华诗词研究院设立"中华诗词年度发展报告"项目，目前项目实施三年，已组织编纂出版《中华诗词发展报告（2015）》、《中华诗词发展报告（2016）》。

2017年，中华诗词研究院在总结前两年编纂工作经验的基础上，提出以学理性、资料性、引领性为基础，在原有框架基础上，撰写有丰富资料和数据支撑的年度发展报告。在这一总体思想指导下，我们组织中南民族大学、中山大学、上海大学、清华大学等高校专家学者以及知名中青年诗人，共同完成这项任务。

为2015年、2016年诗词发展报告编写做出重要贡献的中央文史研究馆馆员、中华诗词研究院顾问赵仁珪先生，因个人身体原因请辞写作组组长一职。中华诗词研究院特约研究员、中南民族大学文学与新闻传播学院王兆鹏教授应邀担任写作组组长，他组织了上半年两次编写会议，完成了总论撰写以及统稿、改稿工作。青年诗人眭谦与曾少立撰写了诗词创作一章，整理了本年度诗词类大奖赛举例和诗词创作数据取样分析图表。王兆鹏教授与齐凯博士撰写理论研究一章，选摘本年度诗词理论研究重要观点。上海大学曹辛华教授与孙文周博士整理本年度诗词文献目录，并撰写提要，对文献整理情况给予简要分析。中山大学张海鸥教授与刘熹桁博士统计了高校开展诗词写作课的情况，在大量资料基础上撰写诗词教育一章。中华诗词学会林峰副会长撰写诗词文化活动一章，并列举出部分诗词文化活动。

中华诗词研究院王贺、莫真宝同志全程参与，并协助组长做好审稿、统稿和改稿相关工作。在编写过程中，中华诗词学会、《中华诗词》杂志社、《诗刊》社、搜韵网及部分诗词社团为我们提供了大量资料，中华诗词研究院顾问程毅中、白少帆、郑伯农、黄天骥、林岫等诸位先生提出不少宝贵意见。中国书籍出版社副总编辑、编审赵安民，从报告编写到编校出版付出不少辛勤劳动。作为这一项目的组织者，在此对所有参与此项工作的学者、诗人、工作人员以及各支持单位表示由衷感谢。

尽管本报告在撰写过程中，尽可能全面地收集材料，客观公正地提炼和表达观点，但难免挂一漏万或存在不妥之处，欢迎诗词界、学术界和各界人士批评指正。

中华诗词研究院　杨志新
2018 年 6 月 15 日

目　　录

总　论 / 1
　一、地位提升与平稳发展 / 1
　二、创作前景良好 / 8
　三、问题与建议 / 13

第一章　诗词创作 / 18
　一、队伍的壮大 / 18
　二、题材的拓展 / 23
　三、体裁的探索 / 31
　四、语言的新变 / 33
　五、年度特点和趋势 / 34

第二章　诗词理论研究 / 37
　一、诗词的文学史地位 / 38
　二、诗坛现象与主题 / 42
　三、诗人诗作与诗社诗群 / 47
　四、诗词的创作理论 / 51

第三章　诗词文献整理 / 56
一、文献整理的概况 / 56
二、文献整理的价值 / 61
三、文献整理的趋势 / 62

第四章　诗词教育 / 65
一、诗词教育概况 / 65
二、诗词教育的进展 / 77
三、诗词教育的问题 / 82
四、诗词教育的建议 / 87

第五章　诗词文化活动 / 93
一、发展概况 / 93
二、活动特点 / 98
三、存在的问题 / 103

附录一　2017 年诗词类大奖赛举例 / 105
附录二　2017 年诗词创作情况统计列表 / 130
附录三　2017 年诗词理论研究观点选摘 / 137
附录四　2017 年出版的诗词文献目录提要 / 157
附录五　高校格律诗词课程及任课教师情况初步统计 / 215
附录六　2017 年诗词文化活动举例 / 219

总　　论

　　由于党和国家传承、发展中华优秀传统文化宏观战略的持续引导推动，全社会包括众多行政机构、大学研究机构、诗词研究院和诗词学会等诗词专项组织、中央电视台等传统媒体和雨后春笋般的网络媒体、自媒体的合同发力、积极践行，2017年，中华诗词呈现出广受重视、加快发展的整体趋势。学诗、背诗、写诗以及各种形式的诗词文化活动成为社会风尚，写作者通过多种媒体，创作和发表了惊人的诗词作品，有关诗词的理论研究与文献资料整理稳步推进，诗词教育与文化活动形式更为丰富多样。

一、地位提升与平稳发展

　　党的十八大以后，随着国家文化战略的新部署，中华诗词的发展已经纳入国家文化发展战略的轨道，诗词在文艺界与社会中的地位日益提升。在诗词作为文学体裁与文化载体受到社会普遍关注之时，其自身也在创作、理论研究等方面取得平稳快速的发展。

1. 诗词的传承发展已进入国家议事日程

　　包含诗词在内的中华优秀传统文化，已成为国家文化发展战略的重要组成部分。习近平总书记多次指出中华诗词的重要作用，他在党的十九大报告中又深刻阐述了中华优秀传统文化对建设中国特色社会主义文化的意义和作用："中国特色社会主义文化，源自于中华民族五千多年文明历史所孕育的中华优秀传统文化"，要求"深入挖掘中华优秀传统文化蕴含的思想观念、人文精神、道德规范，结合时代要求继承创新，让中华文化展现出永久魅力和时代风采"，提升中华民族的文化自信心和自豪感，"文化自信是一个国家、一个民族发展中更基本、更深沉、更持久的力量"。作为中华优秀传统文化的重要组成部分的中华诗词，具有特殊的情感力量、智慧力量和艺术力量，是时代进步、社会发展的力量源泉。

2017年1月25日，中共中央办公厅、国务院办公厅印发了《关于实施中华优秀传统文化传承发展工程的意见》。文件明确提出："加强对中华诗词、音乐舞蹈、书法绘画、曲艺杂技和历史文化纪录片、动画片、出版物等的扶持。"这是继2015年10月19日之后，中华诗词再次出现在中共中央的正式文件里，表明中华诗词的发展已进入国家战略整体布局。

中央领导同志也日益关注和支持中华诗词的活动。2017年5月，时任中央政治局常委刘云山、时任国务院副总理马凯、时任中宣部部长刘奇葆，分别为中华诗词学会成立30周年做批示，写信写诗祝贺。马凯同志对首都师范大学中华吟诵教育研究中心工作做了批示。10月，中央政治局委员、重庆市委书记陈敏尔专门为重庆奉节诗歌节做了批示。这都体现出党和国家领导人对中华诗词发展的关心和支持。

2017年9月，体现国家文化传承策略的"部编本"中小学语文教材正式进入教学实践阶段，教材大幅增加了诗词作品，彰显并强化了诗词在国民义务教育中的重要地位，体现出国家对诗词传承力度的提升。

诗韵标准已引起国家教育部门的重视。中国古代，诗赋押韵的标准往往由官方颁布，如宋代的《礼部韵略》、明代的《洪武正韵》、清代的《佩文诗韵》等。新中国成立后，诗词创作是用旧韵还是新韵，长期存在争议，创作者各行其是，政府较少介入。近年，教育部语言文字应用管理司开始关注诗韵标准，将《中华通韵》课题交由中华诗词学会研究和制定。课题已结题，正在进一步论证和实验中。

2. 诗词的大众传播成为社会热点

诗词的大众传播成为社会文化热点。诗词从来没有像今天这样走入寻常百姓家，成为街谈巷议的热门话题。

诗词的大众传播，得益于诗词类电视节目的热播。继河北电视台的《中华好诗词》和中央电视台的《中国诗词大会》节目之后，上海东方卫视和浙江卫视分别推出了《诗书中华》和《向上吧诗词》，安徽卫视和山东卫视分别播出了《少年国学派》和《国学小名士》等节目。其中河北电视台的《中华好诗词》已播出第五季，引发广泛的社会关注。而中央电视台的《中国诗词大会》第二季，影响力更大，收视率更高，首轮十场收视人数达近12亿人次，微博相关话题的阅读量超过了1亿次。这类节目，拉近了古典诗词与当代大众的距离，激发了民众传诵诗词的热情。

互联网与传统报刊联动，对中华诗词评论文章以及诗词活动讯息的刊发较之前更为热衷。除了中华诗词研究院网站、中华诗词网、中华诗词论坛、中国诗歌网、搜韵等网站外，一些较大的门户网站如新浪、搜狐、腾讯等纷纷发布诗词作品与诗词评论，包括提倡发展中华诗词的理论文章。比如搜狐网在

2017年5月18日重新刊发马凯同志在中华诗词研究院成立大会上的讲话，即《努力办好中华诗词研究院》，再次重申发展中华诗词的必要性以及可行性。再比如《中国文化报》2017年8月28日发表袁行霈、杨志新等人的《让中华诗词萌发时代活力》一文，提议在党中央复兴传统文化大背景下，发展好中华诗词，党建网、国家数字文化网等网站随即转发，引起较大反响。

新媒体的发展，也为诗词的大众传播提供了更为便捷的方式。诗词类微信公众号已成为大众传播诗词的日常载体。"诗词天地""诗词世界""诗词中国""搜韵""一诗一课""西窗烛""唐诗宋词元曲""为你读诗""读首诗再睡觉"等一批公众号脱颖而出，吸引了广大民众的关注。有的公众号关注人数达到百万以上。公众号阐释、演绎、赏析古典诗词的文章，往往可读性强，传播面广，阅读量大多在万次以上。

与传统诗词网站相比，微信公众号等新媒体在诗词传播方面有着鲜明的特点。第一是更便捷。微信公众号等新媒体，是以手机为终端的移动媒体，人们可以随时随地利用碎片化时间打开阅读，不像传统网页端那样，需要打开电脑连接互联网进行操作。第二是互动性更强。微信公众号具有评论、回复、点赞、分享、投票等诸多功能，具有及时的互动性，再配合以朋友圈、微信群，极大地调动了诗词爱好者的热情，参与程度大大加深。第三是呈现方式更多样，呈现效果更佳。微信公众号的呈现方式除了图文以外，还有视频、音频，以视听的方式进行诗词内容推送。第四是娱乐性更强。有些诗词公众号团队开发了诗词类游戏，比如公众号"诗词世界"，在原来"挑战古诗词"H5游戏基础上，开发了答题类小程序游戏"网络诗词大会"，获得了数百万诗词爱好者的喜爱。微信公众号确已成为一种重要的诗词传播途径。

3. 诗词吟诵悄然兴起

诗词类电视节目、微信公众号等新媒体是传播诗词的重要途径,而吟诵诗词则是学习、感悟与传递诗词声韵美、节奏美的一种有效方法。目前,诗词吟诵异军突起。

吟诵学会遍布全国各地。既有全国性的中华吟诵学会,也有省级的吟诵学会,如湖南省吟诵学会、河南省吟诵学会等。首都师范大学成立有中华吟诵教育研究中心,并在全国各地成立了50家吟诵学会。有些省级诗词学会专门成立了吟诵专业委员会,如江西省诗词学会吟诵专业委员会、山东省诗词学会咏诵专业委员会等。

诗词吟诵会和吟诵大赛,更是如火如荼。2017年的吟诵大赛有中华经典吟诵大会全国总决赛、中华诗文经典朗诵大赛、全国诗歌诵读大赛、湖北省第四届中小学生经典诵读大赛、湖南省首届大中小学生经典诗文诵读大赛等。解放军红叶诗社举行了纪念建军90周年陈毅元帅诗词学习吟诵会,安徽省诗词学会主办了"欢庆党的十九大"主题吟诵会,海南省诗词学会组织了诗词朗诵比赛,福建省上杭县举办了"紫金杯"中学生诗词吟诵大赛。每个大赛,都吸引了众多人,尤其是中小学生和家长热情参与,气氛热烈,场面壮观。安庆市首届中小学经典诗词朗诵大赛,吸引了近48万名学生参赛。

吟诵教学,方兴未艾。全国有上万所中小学开展了吟诵教学,民间诗词机构、国学教育机构也都开设了诗词吟诵课程。吟诵教材、读本和吟诵专辑不断涌现,其中中华书局出版的李昌集主编的《中华吟诵读本——大学生古代诗词曲素养100篇》，尤令人瞩目。该书荟萃了全国各地精英的传统吟诵，借此可了解不同风格、流派的吟诵韵味。吟诵教学组织者引进先进教育理念，尝试设计出一套科学的课程体系。著名教育家、新教育发起人朱永新，新教育研究院院长、特级教师许新海，著名儿童文学作家、新家庭教育研究院理事长童喜喜联袂主编的《新教育晨诵》，继2016年暑期推出第一辑7册，2017年又推出13册。该书以国际通行、国家倡导的课程为核心理念，以新教育研制的科学逻辑框架为依托，对诵读的诗歌进行主题划分、课程设计，让读者在感受诗歌美的同时得到德育和美育的熏陶，是一个有着先进教育理念、坚实理论基础、科学知识框架的渗透式综合课程。依托教育理念与教育方法开展诗词吟诵活动的模式值得重视。

4. 学诗写诗蔚然成风

学诗写诗的风气日浓。举国上下，校内校外、课内课外、网上网下，都有形式多样的诗词学习班、辅导班。越来越多的高等学校开设诗词写作课程。据初步统计，已有北京大学、南京大学、中山大学等40所高校开设了诗词写作课。有些高校还利用资源优势，对外开设诗词写作研修班，培养高层次写作人才。如2017年7月，中山大学主办了第三届研究生暑期诗词学校，聘请全国各高校著名学者和诗人，为来自全国46所高校的100多位学员讲授诗词创作经验和技巧，提升了学员的诗词写作能力和创作水平。广东技术师范学院也同时主办了广东省"当代古典诗词创作与研究"研究生暑期学校，延请名师讲授诗词创作与研究课程。

全国各地的诗词学会也都纷纷举办各种形式的诗词写作讲座、研修班,以提高会员的创作水平。如上海诗词学会举办的"诗词讲堂——我的创作谈和诗词观"、陕西省诗词学会举办的"中华诗词长安大讲堂",等等。邀请全国知名专家进行专题讲授,既提高了会员的诗词创作水平,也扩大了诗词的社会影响。

线上各种诗词写作课程,无论是收费还是免费,都越来越受诗词爱好者的欢迎。曾少立在线上开设的国诗馆,几年前经营惨淡,只有几十人交费听课,2017年,交费的学员达到800人,分初级班、中级班、高级班分别授课。学员遍布城市乡村的各行各业,工人、农民、律师、公务员、企业主等都有。微信公众号的诗词写作课程,也非常受欢迎。其中,公众号"诗词世界"的"诗享课堂",交费学习诗词写作课程的人数达到1200人,最多的时候有3000多人同时在线学习。搜韵诗词课堂、诗人月白的微信公众号"月白诗词馆"也常年通过网络从事诗词培训,提供自学的诗词资源。线上网络教学突破了时间、空间的制约,为学员创造出便利的学习条件。无论在何时何地,只要有一部能够联网的手机,都能参与到学习中。身在海外的华人华侨学员,也可以通过网络与国内的老师、同学保持密切的交流。线上线下的诗词课程,形成了立体多元的诗词学习生态。

5. 诗词入史开启操作层面讨论

现当代诗词是否应成为文学史的有机组成部分,一直存在争议。2017年,中华诗词理论研究界基本形成共识,中华诗词应该进入文学史,旧体诗和新诗并非处在相互对立的关系,而是可以共生共荣,相互借鉴,和谐发展。现当代文学史不应因某些因素把旧体诗词排除在外。本年度，学界关注的已经不是旧体诗词能否入史的问题，而是什么样的旧体诗词可以入史、旧体诗入史的标准为何。夏中义所著《百年旧诗人文血脉》一书，就提出了当代旧诗入史的标准，并认为陈寅恪、聂绀弩和王辛笛符合其入史标准，因为他们的旧诗在价值层面能不约而同地探索自己该怎样诗性地安顿个体尊严于苦难，才无愧为"真正的人"。

一些诗词研究机构也将目光转向当代诗词作品整理与个案研究，积极谋划并有步骤开展诗词入史工作。中华诗词研究院的财政部资助项目——"二十世纪诗词史料整理与研究"，以编纂文学史参考材料为目的，继整理1901至1949年旧体诗词后，又开展了1949年至20世纪末的文献梳理，计划在2018年结题。此外，中华诗词研究院与上海复旦大学联合举办中华诗词古今演变学术研讨会，并出版《中华诗词研究（第三辑）》，集中推介优秀的诗词个案研究论文。中南大学成立当代诗词创作、批评与理论研究中心，将研究重点放在当代诗词作品上，发掘当代优秀诗人诗作，倡导当代诗词的学理性评论，助推诗词入史。

在中央领导同志的关怀和社会各界的共同努力下，2017年中华诗词发展态势较好，在理论研究、文献整理、诗词教育以及社会传播方面，都取得不少实绩。

二、创作前景良好

中华诗词的发展，归根结底要看诗词创作的发展。从创作层面看，2017年，中华诗词有显著的进展。从城市到乡村，从老年到少年，从国内到海外，诗词创作者的创作热情不断高涨，创作队伍越来越年轻化，创作内容日益贴近生活，创作体裁日趋平衡多样。

1. 诗词创作的热情日益高涨

城市不分大小，诗词创作者的热情一样高涨。如内蒙古五原县、河北省衡水市安平县和阜城县、邯郸市磁县等，因为诗词创作的人数多，质量高，2017年获得中华诗词学会颁发的"中华诗词之乡"称号。秦皇岛市则被中华诗词学会授予"中华诗词之市"称号。山西省原平市成为中华诗词学会认可的全国第一个"中华散曲之乡"。该市的农民热爱散曲，盛行散曲创作。原平市还创立了中国第一个农民散曲社，举办了第一次全国农民散曲大赛。

诗词大赛规模空前，参与人数之众，参赛作品之多，前此罕见。2017年第三届"诗词中国"传统诗词创作大赛，共收到原创作品22.33万余首，超过前两届参赛作品的总和，获吉尼斯世界纪录"最大规模的诗词竞赛"称号。2017年10月，香港诗词学会举办的首届全国诗词论坛版主诗词大赛，也吸引了来自全国65个论坛30多个省市自治区和美国、加拿大、澳洲、英国、越南等国的1580多位诗人词家和诗词爱好者参加。而由中华诗教学会（筹）主持、南京大学承办、中华诗教基金支持的2017年中华大学生研究生诗词大赛，中华全国学生联合会、中华诗词学会及中华诗词研究院联合举办的2017年"聂绀弩杯"大学生中华诗词邀请赛，上海交通大学主办的2017年全球华语大学生短诗大赛等，参赛者也相当踊跃。

2. 诗词创作队伍逐步年轻化

诗词创作队伍，一度以退休的老年人为主。近年来，诗词的创作队伍日趋年轻化。2017年青年创作队伍进一步扩大。搜韵网用户统计数据显示，2017年18—44岁的中青年用户占用户总量的61.96%，环比增长了1.09%。由团中央、全国学联等五家单位主办，华中师范大学承办的"聂绀弩杯"大学生中华诗词邀请赛的投稿量，从2016年的663件增加到2190件，整整翻了3倍。长沙市教育局、长沙市文明办、红网共同推出的全国最大规模的线上诗词盛会"青春诗词大会"，有80多万人次参与选拔赛的线上诗词比拼。青年诗词创作者逐年递增，总体上或已成为诗词创作的主体。

有关组织、媒体也注重对青年诗人的发现、培养与推介。如《中华诗词》举办专场"青春诗会"，中华诗词学会设立"刘征青年诗人奖"，以鼓励青年诗人的诗词创作，让更多青年诗人登上诗坛，展现才情与风采；2017年《诗刊·子曰增刊》推出"90后诗词联展"，推出20位90后诗词新人。陕西省诗词学会成立了陕西省青春诗社、陕西省少儿诗社，内蒙古诗词学会成立了青年部，新疆诗词学会举办了新疆青年诗人笔会，四川省诗词协会举办了第三届青春诗会，为青年诗人搭建成长与显身手的舞台。

更可喜的是，越来越多的中小学生加入诗词创作队伍。2017年，面向中小学生的首届"湘天华杯"全国青少年传统诗词大赛，收到1200人的3000多件作品。有些无年龄限制的诗歌大赛，也出现了中小学生投稿与成年人同台竞技的局面。如2017年首届"云溪杯"诗词大赛，进入复评的最小参赛者年仅

9岁；中华诗词研究院网站征集"毕业季·诗歌季"作品，最小应征者才8岁。"中华诗词杂志"微信公众号"诗社互联"栏目不断推出中小学生诗词作品选，其中辽宁省灯塔市佟二堡二中和山东省青岛市长江路小学表现尤其突出。这两所学校，自2013年成立诗词创作社，已连续两年在"中华诗词杂志"微信公众号推出学生作品，如佟二堡二中初一学生李佳慧的《秋思》："花叶凋零一抹残，随风飘散满山川。莫伤秋色添凉意，化作春泥入旧年。"意新而语工，颇有诗味。中小学生的诗词创作虽然总体上尚嫌稚嫩，但显示出良好的发展潜力。长期困扰诗词界的青黄不接的尴尬局面，或将彻底改变。

3. 创作题材不断贴近生活

诗人是时代最敏感的神经。2017年的诗词创作，越来越贴近时代，贴近生活。国政民生、世风时弊是诗人关注的领域，家国情怀、理想抱负是诗中常见的主题。诗词的现实感、时代感愈益鲜明强烈。

党的十九大召开以后，全国各地诗词学会、诗词社团都在第一时间组织会员和工作人员认真学习党的十九大报告，创作以党的十九大为主题的诗词作品，举行相关主题的诗词大赛。如甘肃省诗词学会以"弘扬传统文化、不忘初心、牢记使命"为主题创作诗词；山东省诗词学会和《老干部之家》杂志社、山东省政协《联合日报》社联合举办了"迎十九大·党旗飞扬"诗词大赛；河南省诗词学会和省委老干部局举办了以"迎党的十九大胜利召开"为主题的原创诗词大赛，涌现了一批风格各异、体裁多样的佳作，如刘征的《十九大有感》："揽胜方骄冠此生，前途更见万花明。兴来但憾诗人笔，无力能抒如许情"，李文朝的《礼赞党的十九大》："盛会宏图举世惊，神州特帜亿人擎。新思想引新时代，新目标开新路程。五载丰功昭日月，百年伟梦展鲲鹏。凌云志壮初心在，一往无前砥砺行"，由衷地表达了对党的拥戴，对民族前途的坚定信念和勇往直前的奋斗决心。

4. 诗词曲各体渐趋平衡

体裁的选择，一直存在重诗词、轻曲体的偏向。近年来，由于各地诗词学会的引导和推动，散曲创作日益受到重视，创作量逐步提升。诗词曲三体并重、三峰并峙的格局基本形成。

《中华诗词》《诗词家》等刊物都在2017年增设了散曲栏目，《湖北诗词》则恢复了这一栏目。2017年举行了全国性的散曲大赛。由中华诗词学会散曲工作委员会组织的大美绥宁"绿洲杯"全国散曲大赛，收到全国27个省市2031人参赛作品3116件。

继2016年第一个"中华散曲之乡"在山西省原平市落户后，2017年中华诗词学会又在全国授牌多家中华散曲文化教育基地，如江西省抚州市汤显祖纪念馆、上饶市铅山县蒋士铨纪念馆、高安市周德清故居，浙江省兰溪市芥子园，陕西省潼关县岳渎阁景区等。散曲之乡、散曲文化基地的创建，推动了散曲的发展。有些省市，如山西、江西、广西、湖南、安徽、北京等地，散曲创作已蔚然成风，出现了不少佳作，如安徽省安庆市朱家树的《双调·沽美酒带过太平令》描写微信："轻轻一按屏，万里碧空行，叙事聊天相对迎。痴迷市井，老也学、少年兴。（过）长梦断，儿呼强劲，大洋隔，家信凋零，视频接，乡音纯正，日夜倒，通宵难静。万能，巧灵，艺精，方寸间、山川绵亘。"写得真切、贴切、亲切。由于散曲语言通俗，天然活泼，趣味盎然，用韵较为宽泛，容易掌握，正成为群众喜闻乐见的一种诗体。

不断涌现的青年诗人，勇于探索创作理论并大胆实践，创作不少具有时代先锋特色的诗作。随着人生阅历的增长，他们将更为关注社会与生活，对人生有更深入的思考，将有可能创作代表当代中国的思想性与艺术性兼具的佳作。

三、问题与建议

中华诗词平稳快速发展的同时，也暴露出创作、理论研究、文献整理以及教育活动等方面的一些问题，需要认真对待，并在方向上给予引导。

1. 对优秀作品的发掘还须投入精力

诗词创作者队伍的壮大，带来诗词作品数以万计地增长。如此庞大的作品数量，常让文学爱好者以及研究者望而却步，甚至在看过几首或几十首质量不高的作品后，就认定当代诗词作品创作成就不高。的确，诗词创作队伍中有相当一部分人缺乏文学功底，同时也缺少个体经验与个人思考，创作不少平庸的诗作。当代优秀诗词作品，就可能会淹没在平庸的诗作之中，很难被发现。针对这种情况，不少单位开始有计划地编选当代诗词作品选，争取在发掘优秀诗人和作品方面做得更好。近几年，不少优秀的青年诗人也逐渐被社会和学界认可，比如高昌、曾峥等。但这项工作没有尽头，还需要具有鉴赏力与评断力的诗人、学者承担起爬梳整理当代诗作以及发掘优秀作品的重任，为诗词艺术的进一步发展奠定基础。

2. 理论研究重古轻今，评论学理性不足

关于诗词的理论研究，学术界存在重"古"轻今的倾向，重视过去时态的民国诗词的研究，而不太关注现在时态的当下诗坛和创作动态。有关当下诗人诗作的研究，创作理论探讨得少，有学理性的批评不多，存在一味褒扬吹捧、夸大研究对象的价值与意义、刻意回避创作中存在的问题的现象。没有良好的批评氛围，很难促进和提升创作水平。创作与批评应该健康地双向互动，批评应该勇于指明创作中存在的问题、偏失或迷失，帮助创作者矫正方向。

3. 文献整理也要注意去粗取精，逐步开展数据化

诗词文献整理是各项工作开展的基础。客观来讲，当代诗词文献数量巨大，大型的文献整理项目以保存一手资料为宗旨，追求全面。这无疑符合文献整理的原则。但是，文献整理也需要去粗取精，要文献学者把主要精力放在"善本"文献的留存与研究方面。从这方面来看，诗词文献整理还有发展空间。同时，文献数据化也是当代诗词发展的必由之路，无论是诗人、作品数量的准确统计，诗词理论研究的科学化，还是诗词文献的永久保存与研究，都需要文献数据化作为技术手段，加以实现。与古代文献以及近代文献相比，当代诗词数据化道路才刚刚起步。

4. 教师培训与教材编写需要专业指导

诗词与教育结合过程中，存在教育师资的匮乏与诗词教程教材色彩不足的问题。尽管在北京等地，2017 年开展了不少中小学诗教师资的培训，但从受培训教师数量来看，还很难满足诗词教学要求。随着"部编本"语文教材的应用，语文教学对教师诗词素养的要求必然越来越高，相应的，诗词教育的师资培训也须逐步加强。目前，诗词教材普遍以诗词解读、赏析为主，将诗词作为一种文体加以创作训练的教材不多，即便有些教材涉及创作知识，如格律、押韵、词谱等，但也多集中在技巧层面。打通赏析与创作、文学与文化，并在诗词讲解中加入创作训练的诗词教材，或许是诗词教育真正需要的教学文本。无论教师培训还是教材编写，都将需要诗词研究机构与教育部门的介入，并给予具体可行的专业指导。

5. 文化活动要兼顾专业性

诗词文化活动开展多种多样，有声有色，在全社会引发持续反响。关注度的提高，也让诗词文化活动质量受到越来越严格的审视。一个看似很小的知识错误，可能让人质疑整场活动的水平，削弱诗词推广的力度，甚至极大影响到社会对当代诗词艺术水平的评价与接受。像《中国诗词大会》、"诗词中国"这样全国性的电视节目或赛事，都有高校文学院、中华诗词研究院以及中华诗词学会等单位诗人学者组成的顾问团队，直接参与节目题库的设计或者参赛作品的评定。其他诗词文化活动可以借鉴这种模式，尽量保障诗词文化活动的专业水准。

对于中华诗词发展过程中的问题，要客观正确地对待，更要不骄不躁地从容应对，从政策方面、专业知识以及发展道路上给予引导，以促进其健康发展。

首先，要把握中华诗词发展的大方向，将传承和发展中华诗词放在国家文化发展大局中去思考。诗词文化单位和各地诗词组织要努力贯彻党的十八大以来文艺方针与政策，积极学习党的十九大精神，深化认识，在繁荣和发展传统文化过程中传承和发展好中华诗词。要以强烈的责任感和自信心，投入到诗词创作、理论研究、文献整理、教育活动等各项工作中，发展好中华诗词，更要承担更多复兴传统文化的责任。

其次，要善于总结经验教训，发现诗词创作与研究的规律，有计划地促进诗词文化进一步发展。要鼓励创作者不断学习诗词文化知识、提高理论素养，从而创作出贴近生活、符合时代发展的艺术精品。要培育健康的诗词批评氛围，推进理论研究纵深发展，组织开展文献史料整理以及数据化，开展好诗词教育与文化活动。中华诗词有深厚的文化传统、系统的艺术规律，也有丰富的历史资源和当代经验。在具体工作中，一定要善于坚守诗词的艺术准则，参考传统诗词发展的脉络与历史，寻找适合当代诗词发展的道路，不断总结经验，从而推进诗词的可持续发展，避免或减少不必要问题的发生。

最后，要做好"诗词+"工作，依托诗词，多做加法，谋求更大发展。考察近几年的文化政策，诗词处在一个重要的位置，承担着复兴中华传统文化的重任。发展诗词绝不是诗词界自己的事情，而是要各级文化单位、各个行业合作完成的事业。诗词关系着音乐、戏剧、书法、绘画等各种文艺形式，也关系着城乡文化建设、数据信息处理、网络技术实现等各个领域。因此，要谋划"诗词+"工作，尝试构建综合性、开放性的平台，以平台打通诗词界、学术界和民间，联合社会各界谋求共同发展。

把握传承与发展中华诗词、复兴优秀传统文化的大方向，坚守诗词的艺术规律，秉持客观的科学精神，积极面对问题与缺憾，寻求整个诗词界、学术界、文化界的联合，谋求中华诗词更稳健、更快速的发展，这将是今后诗词创作、理论研究、文献整理以及教育与活动工作努力的目标。

第一章　诗词创作

2017年，诗词创作延续了前几年的良好势头，开始进入繁荣发展的快车道。随着"诗词进校园"等活动的开展，一些大学、中小学和民间教育机构都相继开设了诗词写作课，越来越多的年轻人及中小学生加入创作队伍，诗词创作者的年龄下限一再被打破。高校学生中诗词组织、诗词创作群体日益活跃，学术视野开阔，创作成果丰硕，正在成为当下诗词创作的一支重要生力军。本年度诗词创作的内容和风格呈现出更多时代性特征，不少诗词作者在传统写作技法和现代题材创作相结合方面做了大胆的尝试，承古开新，别开生面，涌现出一批在形式和内容两方面都有所突破的佳作。诗词作为展现中国传统文化精神且具有广泛群众基础的重要创作载体，为新时代注入了更多意义深远、蓬勃向上的文化活力。

一、队伍的壮大

2017年的诗词创作丰富多彩，作品浩如烟海。经对搜韵网等诗词网站提供的用户数据以及《中华诗词》等5家传统诗词刊物、《云帆诗友会》等5家网络诗词刊物（微信公众号）、北京大学《北社》等4种校园内刊的取样分析，仅就样本统计，本年度登载的诗词总量就超过2万首，诗词创作队伍呈现出总人数和青年人数双增长的明显趋势，创作者的年龄梯次更加合理化。

1. 创作队伍庞大

目前最大的诗词论坛"中华诗词论坛"的注册人数有24.7万。2015年开设的中国诗歌网,旧体诗词版有注册人数3.68万,点击量3830万次,读者约212万人。微信公众号中"诗词天地""诗词世界"等均有百万以上用户,特别是为诗词创作提供各类实用写作工具的搜韵网2017年用户高达317万。搜韵网的特点决定了它的用户绝大部分为诗词创作者。综合这些数据,目前诗词创作队伍保守估计至少有300万人。

2. 年龄结构渐趋合理

与上一年度相比,2017年诗词创作人数显著攀升。据统计,中华诗词学会的会员增长了约3000人,增幅达10%以上;《诗刊》社的子曰诗社成员则从4100多人上升到5700多人,增幅高达近40%。搜韵网用户稳定增长,新用户达1.5万人。更可喜的是,年轻人从事诗词创作的热情高涨,2017年青年创作者的增幅高于平均增长。如北京大学学生诗词社团北社的社员增长一倍以上;由团中央、全国学联等五家单位主办,华中师范大学承办的"聂绀弩杯"大学生中华诗词邀请赛的投稿量更是从2016年的663件猛增到2190件,整整翻了三倍。其他青年诗词社团和诗词赛事的参与人数,也同样呈现较大增长态势。搜韵网用户数据显示,2016年18—44岁的中青年用户占60.87%,2017年上升到61.96%(参见附录二表1、2)。近年来中青年诗词创作者人数逐年递增,总体上或已超过中老年而成为诗词创作的主体。目前国内已有30所以上的高校开设了诗词写作课程,这是青年诗词创作队伍不断扩大的重要推手。相信未来几年创作队伍将持续年轻化,长期困扰诗词界的青黄不接、"白发写作"的尴尬局面，或将扭转。

　　随着诗词教育进入中小学课堂，越来越多的中小学生也加入了诗词创作大军。2016年第三届"诗词中国"传统诗词创作大赛，在5个月的投稿期内，收到18岁以下的青少年投稿作品16231首。2017年中小学生的诗词创作继续保持上一年的良好势头。主要以在籍中小学生为参赛者的首届"湘天华杯"全国青少年传统诗词大赛，共收到约1200人投稿的3000多件作品。甚至在一些无年龄限制的诗赛中，也出现了中小学生投稿与成年人同台竞技的局面。如2017年首届"云溪杯"诗词大赛进入复评的最小参赛者年仅9岁；中华诗词研究院网站征集"毕业季·诗歌季"作品，最小应征者才8岁。北京的国学培训机构雠诵堂为《中国诗词大会》输送了多名中小学生选手，平均年龄只有12岁。他们不仅能背诵大量古诗词，而且能熟练创作诗词。虽然总体上中小学生的诗词创作还比较稚嫩，但部分作品达到了一定的艺术水准。

　　总之，在国家复兴优秀传统文化政策的支持下，通过各地各级诗词组织和教育机构的大力推广，国内已经形成人数庞大、年龄梯次合理的诗词创作队伍，为繁荣诗词创作提供了充足的人才储备。

3. 地理分布广泛

　　诗词创作者地域分布仍以中国大陆（内地）为主，但中国台港澳地区以及北美、东亚、东南亚国家乃至澳大利亚，诗词创作者都有所增加（参见附录二表3）。互联网消除了遥远的地理距离，诗词创作者们在网上互相交流，互相唱和，增进彼此的了解和友谊。可以说诗词是连结世界各地华人的一根文化纽带，它有力地提升了包括台港澳同胞在内的中华儿女的历史自豪感、民族向心力和国家认同度。由湖北省诗词学会和湖北省荆门聂绀弩诗词研究基金会主办的海峡两岸中华诗词论坛和聂绀弩诗词创作/评论奖，每届都有许多知名的台湾诗人和评论家参与论坛会议并获得奖项，2017年台湾诗人曾人口就获得诗词创作奖。著名侨乡福建南平市黄坑镇因古人的一句佚诗而得名，2017年12月该镇农民发起了一场面向全球的补诗大赛，获得了24个海外侨联的署名联动，投稿者遍布世界各地。叶嘉莹、沈家庄等旅居加拿大的诗人多年前即成立了加拿大中华诗词学会，2016年以来又创办多个发表原创诗词的纸刊和电子刊物，并积极与海内外诗友进行联谊与合作，如与首都师范大学诗歌研究中心联合创办《新诗潮》。旅美作家、诗人苏炜，旅法侨领、诗人吴瑾以及旅居西班牙的诗人詹强等均以组织回国回乡采风、作品创作交流、在海外成立诗词社团等各种不同的方式，激发和增进了众多海外游子热爱祖国、热爱家乡的崇高情感。同时，诗词所蕴含的古典文化魅力也吸引了不少醉心中华文化的外国友人加入到诗词创作中来。首届"云溪杯"诗词大赛的参赛者即有来自日本、韩国等地的留学生。种种事实表明，诗词是展现中华优秀文化的一张精美名片，是对外文化交流的一个独特的传播载体，也是体现我们文化自信的一项重要内容。

伴随着国民经济跨越式发展，雄厚的经济基础带来了诗词创作的繁荣。从搜韵网数据来看，用户量排名前14的城市用户占了中国大陆（内地）用户的一半以上，其中首都北京的占比尤高（参见附录二表4）。如果加上天津，则京津地区的用户占比接近全球的 16%。用户量排名前十的城市，有广州、成都、杭州、西安这样的历史文化名城，表明城市的历史文化底蕴为诗词创作的繁荣提供了一片沃土。文化优势是诗词创作队伍迅速扩大的重要因素。同时，上海、深圳等经济发达城市也名列前茅，显示文化发展也有赖于经济基础的强大支撑，经济发展也必然带来包括诗词在内的城市文化的繁荣。

诗词创作队伍的分布与经济发展的正相关性，在搜韵网各省级区域用户占比数据中得到充分反映（参见附录二表 5）。从相关数据看，多数省级区域的用户占比低于该区域的人口占比，高于人口占比的则有北京、广东、浙江、台湾、福建、上海、天津、香港、澳门等经济发达地区，说明上述地区的诗词创作团队集中度较高。不论是大陆（内地），还是台港澳地区，都明显体现了经济发展促进文化繁荣这一规律。良好的经济发展环境与良好的文艺创作环境共存并进，既是各地政府落实国家文化发展战略、加强城市公共文化建设的结果，也是人民群众精神文化需求不断增长的反映。

4. 职业身份多样化

创作诗词，在中国古代多集中在精英士大夫群体。其他阶层也有诗人，但比例很低。"五四"以降，诗词创作者便越来越少。1987 年中华诗词学会成立，局面开始改变，诗词创作者主体变为一般离退休干部和知识分子。2000 年前后网络兴起，大批中青年网民开始在网上创作诗词；近几年诗词热度强势提升，多个校园诗社成立，部分高校开设诗词写作课，以大学生为主体的年轻人越来越多地加入到诗词创作队伍之中。随着诗词创作队伍的日益扩大，创作人员的职业身份也日趋多样化，可谓行行出诗人。在公务员、教师、媒体人、大学生、军警、农民、公司职员中都涌现出了许多优秀诗人。但因为诗词创作需要具有一定文化素养,同时需要较长时间的学习与实践,因而在文化程度较高的职业群体中诗词创作者的占比也较高。从创作现状来看,诗词创作者的职业和身份与诗词的题材、风格和写作内容没有必然的联系。尤其在当下的网络时代,大多数诗词创作者只以网名、笔名示人,滤去了其真实的职业身份和社会地位,这使得网络时代的诗词创作呈现出鲜明的"扁平化"特征,大大弱化了作者职业身份在创作中的作用。

二、题材的拓展

2017年诗词创作的题材不断拓展,时事的书写、现代意识与劳动的讴歌尤为突出。

1. 时事的广泛书写

时事、咏怀、纪游、乡村、赠答、咏史、咏物、讽喻等题材,依然是主流。而时事题材的表现,尤为突出。党的十九大胜利召开,开启了一个崭新的时代,是中华民族走向全面复兴征途中的一件划时代大事,备受全国人民和世界各国的高度关注,自然也激发了诗人们极大的创作热情。中华诗词学会和各地方诗词学会以及全国的各种诗词社团,包括网上的虚拟社团和社群,纷纷举办歌咏党的十九大的活动、雅集和社课,《中华诗词》和各地的诗词传统刊物、网络刊物也纷纷开辟庆祝党的十九大的专栏,产生了一大批风格各异、体裁多样的诗词作品,比如"才揽金秋月,又接艳阳天。三千英杰相聚,商议创新篇。……

走进新时代,清气满人间"(郑伯农《水调歌头·咏十九大》),还有刘征《十九大有感》、李文朝《礼赞党的十九大》等。这些作品表达了对党的领导的赞颂,对民族复兴的信心,对社会、经济、文化各方面大发展大繁荣的憧憬,展现出高昂向上、意气风发的时代精神。

"反腐"也是全社会高度关注的一个热点话题。2017年播出的反腐题材电视连续剧《人民的名义》,引发了诗人们的强烈共鸣,涌现出大量抨击各种腐败现象的作品。《中国诗词大会》的热播,则是所有诗词爱好者的一件"自家大事",同样引发了诗词界的创作热潮。当年发生的一些社会热点事件,涉及社会道德、公共安全等人们普遍关心的问题,因而在网上迅速发酵,引起巨大的争议和关注,也激起诗词创作者的笔底波澜。他们往往情绪激动,并互相感染,随着热点事件的传播,短时间就会在网络涌现大量的诗词,甚至出现因观点对立而互相"飙诗"的现象。诗词篇幅短小,适宜抒情,因而常常能快速响应热点事件。例如,在台湾诗人余光中逝世的消息发布后仅仅几分钟,微信群中就出现了悼念诗词,而微信公众号中的悼念文章,则是几个小时以后才出现。

感时言事本是诗词创作的一大传统。当代诗词界依旧高擎关注国政民生、世风时弊的大旗,借助现实主义的创作手法,有针对性进行抑扬褒贬,将个人的家国情怀、理想抱负寓于作品之中。在现代资讯高度发达的环境下,时事题材的诗词写作更加具有即时性。其作品不胜枚举,体现了诗人对于时代脉搏的敏锐把握,具有很强的时代性。也因为时事热点的不同和个人写作习惯的差异,庞杂的作品中呈现出不同的创作风格和倾向。其中很多作品在运用传统创作技法进行现代题材的诗词创作方面做了许多有益的尝试。例如，大量悼念台湾现代诗人余光中逝世的诗词，化用余光中的现代诗名篇，实质上是当代诗词与新诗相互对话交流、相互学习借鉴的一次集体探索。又如有人模拟《人民的名义》中各主要人物的心理和口吻写了一组系列作品，类似于一幕"智斗"情景剧，也是对增强诗词表现力的一次很有益的尝试。

时事诗词在网络上尤为活跃，体现了移动网络在即时写作和群体写作方面的巨大优势。而传统纸媒由于出版周期更长等原因，对突发性的社会热点的关注度和作品量均不及网络平台。

时事写作，拓展了诗词创作者的写作宽度，体现了他们的社会存在感和参与度。这类作品具有反映现实、记录时代的重要意义。一些诗人用典娴熟，托古喻今，把古典技巧与时代风貌有机地结合起来，创作了不少佳篇。但也有相当一部分作者的文学功底和人生经验不足，存在即兴性、从众性心理，或者为了蹭热点、博眼球匆忙发布不成熟的作品，因而导致时事写作中的口水诗、口号诗也较多。时事题材诗词快速增长固然是好事，但不宜过度强调其时效性、功利性，而忽视艺术性。

时事题材的广泛书写，与政府主导的诗词征集活动的引领有关。据中华诗词论坛的不完全统计，2017年各类诗词征集活动有近1800项，这当中有相当一部分活动由各级政府主导。征集诗词的题材广泛，形式多样，有的奖金不菲。这些活动有力地激发了广大诗词创作者的创作热情。

为了贯彻中央关于"建设优秀传统文化传承体系，弘扬中华优秀传统文化"的精神，教育部语言文字应用管理司联合中华诗词学会于 2017 年 4—7 月举办了普通话韵诗词创作征集活动。征稿题材集中在各类英雄模范人物和近代以来中国人民为争取民族独立和人民解放的历次斗争。活动共收到来自全国 32 个省（区、市）及港澳台地区 13012 人的 22184 篇作品。经专家评审，评出一等奖 3 名，二等奖 6 名，三等奖 20 名，优秀奖 100 名。其中王井珍的一等奖作品《高阳台·把泣焦桐成雨》写道："三灾九患围攻处，叹黄灯苦夜，瘦骨铮铮。训水归槽，追沙追到云停。为官尽瘁徂方已，把仁心，都付清明。念英魂，山水歔欷，日月牵萦"，用诗词的形式重现了共产党人的楷模焦裕禄同志的光辉形象，歌颂了他为党为人民带病工作、一心想改变辖区贫困落后面貌的崇高品质。

随着反腐的深入，各地党政机关为加强党风廉政教育和法治教育，也相继开展了相关主题的诗词创作活动。如山西省晋中市以"不忘初心，砥砺前行"为主题的诗词、楹联征集大赛，贵州省兴仁县的廉洁诗词书画作品征集活动，湖南省益阳市的法治诗词有奖征集活动等。这些活动把诗词文化推广和干部的反腐廉政教育、思想品德教育、业务素质教育结合起来，丰富了诗词创作的题材，取得了良好的社会效果。

此外，各地政府宣传、文化和旅游部门纷纷将诗词文化建设作为地方文化发展、地域形象宣传的重要手段。例如武汉市黄陂区"木兰文化诗词、散文"有奖征文大赛、赛里木湖主题诗歌征集、"诗韵安源"全国诗歌征集大赛、"漫卷诗话山水情"桂林原创诗词短文征集大赛、"诗兴开封"国际诗歌大赛、广东省中山市"荷花颂"诗词楹联大赛、安徽省六安市第四届荷花节诗词创作大赛、湖南省永州市"濂溪杯"全国诗词楹联大赛、"诗咏承德·全国旅游诗词楹联大赛",等等。所征集到的作品歌颂了各地的名山大川、革命先烈、历史名人,宣传了地方形象、特产、景点,推动了地方文化经济建设。

一些政府主导的诗词主题文化节庆活动对诗词创作的影响也日益凸显。2017年10月,山西省祁县举办第三届国际"王维诗歌节",广邀来自美国、韩国、墨西哥等国家的王维诗歌爱好者和全国各地的诗词家70多人到场,组织诗会,即兴唱和,佳作纷呈,演绎出精彩绝伦的诗词文化大餐。

具有一定影响力的、个人举办的文化活动也同样引发诗词圈的创作热,例如本年度浙江收藏家姚佳在杭州举办"雄王右武——战国骆越青铜兵器展",展出个人藏品的同时,广邀各地诗人撰写骆越兵器诗词。不到一年收到从兵器、战争、骆越地方文化等角度创作的诗词50余首,风格多样,诸体兼备,其中日本留学生早川太基观展后题写的古风"烈火百炼徐夫人,匕首何年刺暴秦。灵光灿如朝露沁,诗客幽情爱冷艳。骆越堂上可高吟,今日化作活人剑",别具一格。段晓松的五绝"摩之临以惧,诫尔慎其刑。顾看交州土,曾何四海平"则具有历史省思意义。这次活动的部分作品编成《雄王右武集》在微信公众号上发布,对宣传骆越地方历史文化和民族文化发挥了较好作用。这种借助网络平台,联合各地诗词创作者进行主题创作的现象,目前越来越普遍。

2. 现代意识与劳动场景的讴歌

随着科技进步和生产力的发展,人类的生存环境发生了颠覆性的改变。科学观念、科学思想在人类意识中的渗透和影响,也使个人的世界观和生命意识发生了根本性变化。这种变化体现在诗词创作中，不是简单的新名词、新意象、新概念的置换，而是对世界、人类及生命个体的价值与意义的重新思考。

近年来诸如克隆技术、人工智能、细胞修复术等引发的与人类伦理的冲突，深空探测、引力波的发现以及生化和核武危机对未来世界图景的重构等，都被部分诗词创作者纳入了思考和表现的视域。这些作者不再将笔触局限于传统的生命短暂、宇宙永恒这样的个体生命意识，而是将视角转向人类命运共同体，作品中洋溢着一种关于人类文明、人类命运的全新的人类意识。科幻小说《三体》的主旨，正是将人类置于面临整体毁灭的环境中，来凸显对现有价值观念和行为模式的思考。部分诗人受这部小说的启示，集体创作了《三体组诗》。也有诗人以量子态、引力波等为题材进行创作，以诗词形式传达作者对科学与人类的深层思考。段晓松的组诗《人·天》则立足于当下，揉合现代哲学和佛家思想，对天人关系做出了全新的思考，具有魔幻现实主义色彩。

继聂绀弩之后，描写劳动的诗词便屡见不鲜。有些诗社甚至以"劳动"为题发起社课。2017年第1期的《中华诗词》、《岷峨诗词》和《江西诗词》，不约而同地出现了一批抒写劳动的作品。特别是《岷峨诗词》的《劳动者之歌》组诗十二首，涉及车、铣、磨等金属加工作业。以往诗词中的劳动多为农业场景，涉及工业的作品较为罕见。随着时代的变迁，工业生产的图景也逐步进入了诗词创作。将大机器生产的现代工业纳入诗词审美体系，拓展了诗词创作的场域，赋予了传统诗词更多的现代性特征。虽然多数作品尚不成熟，但筚路蓝缕，对诗词创作进一步贴近现实生活具有促进作用。

3. 影视、戏剧、小说及其他现代文艺形式对诗词的渗透与互动

当代诗词创作者都有观看影视剧的生活经历，这种经历自然也会成为诗词创作的内容。影视作品的画面感、剪辑手法、对话形式等技巧都在一定程度上向诗词写作渗透。最引人注目的，是任之、林杉和苏小隐创作的以影视剧为题材的大型组诗。如任之《权力的游戏》十八首人物题咏，以令词的形式檃栝影片角色，渲染奇幻神话色彩，感受新颖别致，与传统作品迥异，其中一首《法驾导引》咏人物卓耿、雷哥与韦赛利昂："龙矫矫，龙矫矫，翼翼渡梁津。炎火燎兮西极燬，夜王遥掷忽乖分。冰焰腐华鳞。"华丽与诡异兼具，颇具特色。与任之不同，词人苏小隐创作了十六首慢词，分别吟咏《魂断蓝桥》《卡萨布兰卡》等十六部经典影片，采取"归化"的创作方式，用细腻的婉约词风，将电影情节和异域情调置换成中国传统词赋的意境。如《最高楼·蝴蝶梦》："花岁月，蝶生涯。年来只要春风里，芳菲绝好竞夭邪。梦和伊，须去去，莫留些。"影视作品为现代诗词提供了新的创作素材，注入了更多现代因素，并影响了诗词写作的技巧和风格。

以题咏传统戏曲为主要内容的诗词也同样别开生面，如吟咏京剧的《演剧录》组诗。武汉大学春英诗社上映诗乐舞台剧，以《清明上河图》为主题，以舞台剧为形式，结合诗、乐、画、舞（舞剑）等多种元素把观众带入历史名画之中，所配诗词均为该诗社社员原创，不乏佳作，如"暗了长堤，扁舟愁坐。垂云渐卧。但一线、人间烟火。又听柔波自和。是谁识，昔时心、今时我"（郑韵扬《角招》），"何必拊膺伤物化，收汝纵横

红泪下。何必临流叹逝波,要缺唾壶歌浩歌。蘧蘧谁是忘情者?五湖烟底有青蓑"(王悦笛《短歌行》)。又如任之在歌剧《神女》的创作中大量采用古典诗词元素,化用经典诗词名篇,大大提高了歌剧歌词的文学性。除此之外,从流行歌曲演化而来的诗词作品,成为青年诗人经常触及的创作题材。一些现代文学作品的艺术观念和思想也为诗词创作带来不少灵感。

4. 人物题咏的新变

近年来,人物题咏诗渐成风气,题咏范围不断扩大。2017年,钟锦创作的60多首《泰西哲人杂咏》《希罗多德书杂咏》,以较强的学术性、专业性而区别于一般人物题咏诗。《泰西哲人杂咏》,所咏的都是西方哲学史上从古到今最重要的哲学家,按历史顺序排列就是一部西方哲学史。这种绝句的写法并非是要阐释哲学家的全部思想,而是檃栝其思想,兼采己意。在写作方法上,钟锦常借中国之典述外国之事,或在诗中将中外哲学对勘,思想上融通化合,语言上浑无隔碍。例如《希罗多德书》将米底王拟为周文王,"执义翻能受重名,高临万族拥宫城。始知西伯阴行善,只赚诸侯来决平"。刘成群的《词说文学史》用词体描述中国文学史上233位文学家,用艺术的语言和独特的感受展示了自先秦到晚清的一道道文学风景,文机独创。古人有论诗绝句、论词绝句,如今发展到论学绝句、论史绝句、论哲绝句。

三、体裁的探索

传统诗歌体裁丰富多样,诗体的探索和创新是中国诗歌发展的一条主线。2017年,诗词创作体裁多样,四言古体、骚体、乐府、散曲等都有新的尝试和探索,近体诗一统诗坛的格局逐渐被打破。

1. 近体诗仍是主流

根据对14个样本的统计,近体诗(律诗和绝句)作品量占全部样本作品量的70%左右(参见附录二表6),这个比例与近现代诗人的创作情况基本一致。近体诗之所以成为主流,一是因为形式简约而规范,创作者了然于心,便于即时遣兴;二是传统诗词教育和写作一般都是从近体入门,近体诗写作是掌握诗词格律的不二法门;三是其结构、语言特征和审美易于与中国传统文化契合。

2. 词曲创作量大幅提升

诗词创作者尝试体裁突围,也多从格律诗以外的体裁入手,尤其词体与散曲。样本统计数据显示,词体的创作量约占全部样本作品量的27%(参见附录二表6)。不少词人专注词体创作,形成了自己特有的风格。崇尚通俗化的纸刊选择了更加通俗的散曲作为突围方向,《中华诗词》《诗词家》等刊物都在2017年增设了散曲的栏目,《湖北诗词》则是恢复了这一栏目。由于各地诗词组织的推动,散曲的创作量大幅提升,有异军突起之势。2017年11月中华诗词学会散曲工作委员会组织的大美绥宁"绿洲杯"全国散曲大赛,就收到全国27个省市2031人参赛作品3116件。

2017年被授予全国首个"中华散曲之乡"称号的山西省原平市，长期以农民散曲创作蜚声省内外，曾创办全国第一个农民散曲刊物，出版第一本农民散曲评论集，举办第一次全国农民散曲大赛，创立中国第一个农民散曲社。散曲创作扎根农村，诙谐幽默，浅显易懂。如王云飞《正宫·叨叨令》写到："写诗写曲迷心窍，三餐饭饱嚼诗道。痴迷半夜背宫调，全家老少都嘲笑。做梦也么哥，清醒也么哥，酸甜自有心知道。"

各地散曲创作者在雅集、社课等活动中也创作了大量富有时代特点的散曲作品。比如北京南广勋[中吕·山坡羊]《同学重聚》："当年风范，松青花艳，而今已是斑头雁。老腰弯，步踽跚，惊鸿丽影何曾见？开口便将诨号喊，声，依旧甜；情，依旧酣。"散曲由于用韵较为宽泛，语言较为俚俗，正逐渐成为广大群众喜闻乐见的一种体裁。

3. 古体诗及其他

除了词体与散曲，诗词创作者也常选择古体诗作为突围方向，一些校园诗词刊物中古体诗的占比已超过10%（参见附录二表6）。创作古体诗需要深厚的学养，新一代的大学生受过较好的古典文化教育，较早地尝试古体诗创作，并且出手不俗。古体诗较好地克服了近体诗模式化、叙事能力不强的弱点，为复杂题材的创作提供了更大的空间。姚佳征集"雄王右武"展题诗，古体诗数量即超过近体诗。

四言与骚体代表着中国诗歌的两个源头，当下创作者虽然不多，但也不时可见。还有人致力于连章体格律诗词的创作。连章体既能扩大承载内容，又完整保留了格律诗词的形式，为叙事和表现复杂主题提供了便利。

四、语言的新变

当下的诗词语言，大抵有通俗化、古典化、新诗化和解构化四种倾向，形成新台阁体、网络体和校园体三体并峙的局面。新台阁体平易，网络体尚奇，校园体尚丽。随着网络成为诗词创作的主要发布平台，创作群体之间的风格差异呈现弱化趋势。语言的通俗化与雅正化是当前诗词创作的两大主流风格。新诗化和解构化的倾向虽然存在，但还在探索阶段，尝试的人较少，影响也较小。

1. 语言通俗化是主流

语言通俗化仍然是主流。中华诗词学会及各地诗词学会是诗词创作语言通俗化的倡导者和引领者，走大众普及之路也是绝大多数纸刊的办刊原则。根据对样本作品的关键词抓取情况看，纸刊的通俗化倾向明显高于网刊和校刊（参见附录二表7、8、9）。通俗化的诗词写作在运用新词、口语方面有自身的优势，但通俗并不等于浅俗和庸俗，许多作品充满真情实感，内容贴近现实生活，很接地气，对诗词普及化起到积极推动作用。特别是近些年散曲创作兴起，散曲成为群众喜闻乐见的一种体裁。通俗化语言更加适合散曲形式，很多作品语言活泼，趣味盎然，时代特征鲜明。

2. 雅正化蔚然成风

雅正化写作在校园诗词创作中占据主导地位。青年学子在继承传统方面表现出强大的学习能力，许多作品在传统文化的学养和创作技巧上渐臻佳境。校园诗人进入社会，雅正化仍然是他们创作的追求，并逐渐成为一种风尚。

雅正化创作群体一般熟谙传统典籍，具有较强的传统学术功底，阅读量大，传统创作技法娴熟，作品词汇量和信息量都很大，远超过通俗化写作。缺点在于过度强化语言风格的典雅精致和技巧，导致时代特色不鲜明，描写新事物有一定难度，传统修辞手段有时也导致可读性不高。

3. 青年作者的语言新变

当代诗词，创作群体青年化、青年创作雅正化的趋势比较明显，《北社》等校园诗刊发表作品的倾向和相关诗赛的导向及获奖作品都有体现。比如诗赛主办方多明确要求风格雅致，不鼓励通俗。投稿要求繁体字，赛制模仿古代科举考试。

值得注意的是，青年诗人虽然在创作上走雅正化之路，但作品的思想与意境与持守正观念的前辈诗人的作品迥然有别。他们更多地受到玄幻等流行文艺的影响，常常不自觉地将自己代入到这些作品的环境之中，借此表达个人生活的某种神秘感受。这种差异的形成与青年诗人的外部社会化程度不深有一定关联，因而避开自己的弱点，转而探求内心世界。

一些青年诗人的创作也尝试在雅正与通俗之间寻求平衡点，试图将白话词汇纳入到诗词的雅正语言系统之中，或者尝试对传统语言进行解构，这方面的情况未来如何发展，仍有待继续观察。

五、年度特点和趋势

2017年的诗词创作受到社会更广泛的关注，2017年"诗词"关键词的搜索指数大幅度攀升，明显高于上一年，并保持在一个较高水平。媒体在诗词方面的报道平稳发展，整个社会的舆论环境为诗词写作创造了良好条件。诗词创作队伍扩大，热度不减，作品题材丰富多样，语言风格各逞异彩，中华诗词呈现全面复兴态势，成为最具时代活力的文学体裁之一。

网络论坛与微信公众号成为诗词的两大主创阵地。许多人认为诗词创作的网络论坛时代已经过去，目前微信公众号已成为诗词创作和发表的主要平台。但从中华诗词论坛、百度诗词系列贴吧和中国诗歌网旧体诗词版等大型论坛来看，论坛的诗词发表量仍然惊人，仅中华诗词论坛一家的年发表量就超过200万首。所以目前说诗词创作的网络论坛时代已经过去似还为时尚早，比较稳妥的判断是论坛与微信公众号并驾齐驱，成为诗词的两大主创阵地。而传统纸媒的空间则受到网络尤其是微信公众号的较大挤压。为应对这一局面，部分纸媒在维持运营的同时也开设了微信公众号。移动网络的发达，带来了人们阅读习惯的改变，便捷的传播方式也将刺激创作的增长。目前诗词微信公众号的细分化也逐步形成，因运营方式、诗学主张、创作风格和内容编排等方面的差异，逐渐呈现出一定的流派倾向，值得研究和关注。

诗词创作强化了自身与各类文化文艺形式的交流和相互渗透。诗词从其他文艺作品中不断汲取养分，获得灵感，其他文艺形式也借助诗词提升自己的文化品位和艺术感染力。从传播方面看，各地政府越来越重视诗词创作在城市文化建设、品位提升、文化旅游开发等方面的重要作用。同样，越来越多的企业将推动诗词创作作为传播企业社会形象的重要手段及企业社会责任的体现。由此而带来的是诗词群体创作的井喷和更多创作者的参与。诗词在文化生活中的作用日益凸显，与其他各类文艺形式的融合发展也会进一步加快。

随着诗词创作的繁荣发展，语言风格的多样化、个性化更加明显。通俗化与雅正化作为两种主要趋势未来也会持续。通俗化更加有利于诗词的大众推广和创作队伍的扩大。雅正化则进一步强化对传统的继承和应用，延续历史文脉。通俗化并不直接等于创新，雅正化也并不直接等于守旧，但二者都有要注意的问题。通俗化应避免粗鄙化和口号化，雅正化应力戒形式主义、内容空洞和脱离现实。在口语、新词的运用和新事物的描写方面，通俗化与雅正化都有各自的路径和技巧。

2017年最可喜的是，越来越多的年轻人加入诗词创作队伍，他们大多受过良好的文学熏陶，有着深厚传统文化基础。同时，他们又是一个贴近流行文化的群体，其创作在传统文学的话语体系之下，又具有现代时尚性特征，修辞上追求精致唯美，意象繁缛艳异，与传统的典丽又有所区别，有节制地使用新词和口语，整体上营造一种既古又新的文学境界。崇尚雅正、敬畏经典是青年诗人，尤其是校园诗人诗词创作的主流态势。尽管他们的作品尚存在题材不够开阔、语言风格带有模仿性的不足，但已经成为当下诗词界的一支新锐力量，并且蕴藏着无穷的创作潜力，不少人未来会成为诗词创作的中坚。

第二章　诗词理论研究

　　2017年诗词理论研究的成果，数量上相较上一年有一定增长。这不仅体现为个人自发性的研究成果增多，更体现在特定议题引导下相关研讨的踊跃。如9月北京召开了"李元洛《诗美学》研讨会"，10月河北磁县和上海分别举行了"全国第三十一届中华诗词研讨会"和"第二届中华诗词古今演变研究学术研讨会"，11月北京和杭州分别举办了"古典传统的延续：二十世纪诗词与新诗——第四届'雅韵山河'当代中华诗词学术研讨会"和"旧体诗与知识者心灵史暨学术史研讨会"，12月长沙举行了"当代诗词的文学属性与文学身份研究——第三届当代诗词创作批评与理论研究"青年论坛等。如此密集地针对当代诗词及其相关主题进行研讨的学术会议，催生了一大批可观的研究成果。此外，林宗正、张伯伟主编的《从传统到现代的中国诗学》和黄霖主编的《民国旧体文论与文学研究》，探讨18世纪到20世纪上半叶旧体诗学的传统与演变，发掘民国诗话的现代性，也丰富和充实了2017年度诗词理论研究的成果。

　　从内容上看，2017年度诗词理论研究的成果承续了上一年的研究方向，但在具体研究对象上有所偏重和拓展：一、诗词的文学史地位越发突显。研究者们更多地将目光聚焦于诗词的"现代性"及其与新诗的关系，并多方面探讨旧体诗在现当代文学史中的书写和建构策略。二、探究21世纪以来旧体诗词的热潮，展望当代诗词的后续发展；继续挖掘抗战诗词的意义和民国诗话的价值，报刊诗词成为本年度新的研究热点。三、较有价值的个案研究多关注近现代时期，女性诗人和学者的诗词成为新的关注点；有关诗社诗群的研究，扎实公允地还原近代以来的诗坛面貌。四、探讨当代诗词创作的价值观，总结创作方法。既重视古为今用，从诗学传统汲取创作经验，也强调从新诗等文体中吸收有益的创作方法，并尝试借鉴西方文艺理论以寻求诗词创作的突破。

一、诗词的文学史地位

如果说以前的研究多停留在论争旧体诗词的文学史地位，那么本年度的相关成果则更进一步，不但承认旧体诗词的文学史地位，从"现代性"、新旧诗关系加以确证，而且充分讨论和尝试旧体诗词的文学史建构。

1. 旧体诗的"现代性"确证

"现代性"问题，关系到旧体诗是否具有足够的适应性和活力，像新时期的新诗、小说、戏剧等文体一样，表现出现实的境遇、时代的精神和心灵的震动。现代性是在与古代性的比照中呈现自身质性的，其要义在于物质和精神的持续融旧出新，对时代生活的热诚反映与介入。现代性又关涉旧体诗的合法性问题：它在近代以来的文学发展过程中处于怎样的地位？如果旧体诗并不具有"现代性"，那么它就只是精巧文辞和习语的反复，成为游离于时代和主流文体的"零余者"；如果它具有"现代性"，就应该在近代以来的文学史上获得一席之地。旧体诗是否具有"现代性"，是其能否被现当代文学史真正接纳的关捩。

尽管有的研究者对旧体诗中现代性的充盈程度表示怀疑，但更多的学者认为，旧体诗是否具有以及多大程度上具有现代性，与旧体诗的文体本身无直接关系，而与诗人们的写作有关。从现代性的角度考察晚清民国以来的旧体诗，不仅有助于破除主流文学史对旧体诗文体和语言的偏见，而且有助于挖掘被忽视的旧体诗的发展真相：从 18 世纪到民国初期，旧体诗一直是当时多数文人创作的主要文类，且相对于看似新异蓬勃而实际上不知所措的晚清小说，旧体诗在书写"世纪末"的时候，从未见窘迫与局促。有论者指出："晚清诗人不仅在作品中继续书写当时的政治乱象、社会动乱，揭发时弊，并且更进一步借着那些未曾被关注的层面、未曾深入探讨的题材、未曾使用的角度，来观察那个时代、书写那个时代，并借由对时代的新书写来与前代诗人的时代书写相互对话，以此延续中国诗学有关时代书写的传统。"（林宗正、张伯伟主编《从传统到现代的中国诗学·前言》）王闿运就经常用古体诗来表现晚清现实，诗人内心的混乱、当时中国所处困境、传统文学的危机以及国家的生存等"现代性"因素都涵括其诗中。这对"被视作晚清最保守和最复古倾向的诗歌派别拟古派中的代表人物"的王闿运的文学史印象构成了挑战，借此也引起我们对既有文学史叙述的反思。吕碧城的海外词，用男性主导的语言与精粹的文类格式来表达现代独立女性的经历，用渗透了父权意识的文言来书写现代女性的个体化经验，也是现代性的体现。

2. 新旧体诗的关系

如果说研究旧体诗的"现代性"，是从诗歌本身的属性和表现力来为旧体诗正名，那么探讨新旧诗关系，则是力图用还原和比较的眼光,从外部摆正旧体诗在百年文学史上的位置。本年度的研究者们有一共识:旧体诗和新诗并非处在相互对立的关系,而是可以共生共荣,相互借鉴,和谐发展;现当代文学史不应因某些因素把旧体诗排除在外。

从新诗与古典诗歌传统的关系角度看,因借鉴、吸收古诗的传统经验而成为优秀之作的新诗不乏其例,新诗可以与古诗相会通。有学者将人们对新旧诗的态度差异概括为"现代文学性""文学经典""语体形式""学术压迫""不宜提倡""死亡之旅""不能替代""艺术歧视""和谐共存"等九个方面,深刻反思和批驳了前人一味扬新黜旧的观点和做法,提出当代诗坛应该有一个"新旧繁荣、和谐共存、科学创新、持续发展"的整体文化思考。这意味着学界逐渐消融了新、旧诗"对立论",自觉地将二者放置于诗歌本身的维度考察,承认二者在现当代文学史上共存的必要性。

当然,在新旧诗的比较研究中,对文言这一语言形式的评价,也还有争议。不少学者表示旧体诗的致命伤在于形式的制约,认为旧体诗词的音韵、格律、词汇,都已经退出现代社会生活的交流实践。在旧体诗词里,言文已经分离,现代生活、思想、感情、心理,已经丰富复杂到远非古汉语词汇所能胜任表达的程度;新诗之于旧体诗词的优越性,在于它拥有更为自由的想象空间、语言空间和表现空间。反对者则认为,旧体诗发展的问题,不是表现形式的问题。新旧诗的互补,不是形式上外在的互补,而是内容上表现手法的艺术互补。有学者反向审视古文在古代的境遇,质疑"文言形式制约论":在清朝之时,文言与白话同是文学书写的语言,二者之间相安无事而且都盛行于世，怎么会在现代成为一个问题，而且突然之间在书写上有着难以跨越的困境与限制？

3. 旧体诗的文学史书写

随着有关旧体诗"现代性"、新旧诗关系等专题研究的深入，晚清以降旧体诗的文学史地位逐渐凸显。本年度学者们或从"入史"标准，或从主题建构，或从实践领域探讨旧体诗的文学史书写与建构策略。

曹辛华的专著《民国词史考论》，既对民国词史的总体特征、民国词的群体流派、民国词社、民国女词人、民国词选、民国词话、民国词体理论等问题进行考察，又对民国词史文献、诗词结社文献、诗词学文献等进行系统整理。夏中义的《百年旧诗人文血脉》一书，从洪子诚所著《中国当代文学史》上编所立论的"一体化"模式出发，思考"当代旧诗的'入史'标准"："谁在当代文学史最匮乏、最薄弱、遭'一体化'损害最惨的'个人化经验'及其艺术独创环节，能贡献其独特乃至卓越者，谁就最具'入史'资格。"认为陈寅恪、聂绀弩和王辛笛符合这一标准，他们的旧诗在价值层面能不约而同地探索自己该怎样诗性地安顿个体尊严于苦难，才无愧为"真正的人"。《百年旧诗人文血脉》以百年旧诗所牵连的人文血脉为脉络，建构了一个有别于"革命""启蒙"等国家叙事的个人叙事。夏中义对百年旧诗的处理有了方法论意义上的飞跃，即不再像古典诗学史叙事那样以诗学的宗尚、流派或风格为主脉，而是将其置放在个人与时代的遭遇上，提出各类具有统摄性的命题或论断。因此，构建"20世纪中国文学史"（包含旧体诗）的有机叙事，不应该分新旧畛域，要着眼于作为媒介或交流的"叙事"

（潘静如《旧体诗如何介入二十世纪的文学史和思想史？——读夏中义〈百年旧诗人文血脉〉》，载《第四届"雅韵山河"当代中华诗词学术研讨会论文集》）。至于抗战时期的旧体诗词，有学者提出，可以从民国文学史、中国诗词史、现代诗歌史以及中国现代文学史料学等几个领域展开。

二、诗坛现象与主题

本年度有关旧体诗坛现象的研究，主要集中于 21 世纪以来的旧体诗词热潮和抗战诗词、报刊诗词、近代民国诗话等议题。

1. 诗词热现象及存在的问题

21 世纪以来的旧体诗词热，与社会文化心理、网络传播、国家推动与民众响应、诗人身份变化、诗体古今演变规律等多种因素相关。20 世纪 90 年代后期，人们的思维方式和价值观念发生重大变化，文化保守主义思潮兴起，催生出旧体诗词创作的热潮。互联网对于旧体诗词热的产生也起了关键性作用。政府将诗词视为传统文化精华积极倡导，普通民众之间线上线下诗词互动和交流活动频繁，大大促进了 21 世纪的诗词热。古今不同时代环境中"诗人"身份逐渐消解，诗人回归为普通人，以普通人的身份、视角来观察和体悟生活，捕捉日常诗意，诗词话语权也就被更多的普通人所接受，而非只掌握在所谓的"文化精英"手中。

对于当下的旧体诗词热及其后续发展态势，有三种不同的意见：一是"整体质疑论"，认为 21 世纪的旧体诗词热并不意味着旧体诗词在21世纪的复兴,更不能只看数量不顾质量而将其视为旧体诗词的繁荣。二是"热情展望论",认为21世纪诗词热是诗词繁荣的表现,对旧体诗词的未来充满了期待,相信当代旧体诗词的创作必然会在民族国家对传统优秀文化复兴的整体框架中蓬勃发展。三是"部分保留论",虽然也认为21世纪诗词热并不等于诗词的繁荣,但对旧体诗词的发展,既不抱以极大的"悲观"情绪认为其无路可走,亦不欢欣鼓舞地坚信旧体诗词一定会真正复兴和繁荣。在当下环境中,人们主要将旧体诗词视为休闲爱好和艺术小品,静水深流是更健康的发展之路。《新文学评论》杂志在2017年第3期做过一次网络旧体诗坛问卷实录,在被问及旧体诗的未来前景时,几位专力于旧体诗写作的被访者几乎都表示未来的旧体诗不会成为显学,而是会在不太冷也不太热的状态中长久存在着。

诗词热的表象下,也存在不少问题。创作层面,存在"结构主义的创作情结与解构主义的矫枉过正""理性主义精神、文化—心理结构影响下的创作""'权力性'创作爆发与'类书性'接受阻滞的二律背反""'历史记忆'的重新阐释与'传承性'的一成不变的矛盾""'新文学'的'破旧'体认与'旧体诗词'的'立新'的不确定"几大困境,只见知识、观点,不见个体经验,只有名物罗列,没有审美性与情感,多见传统题材发挥,少见现代生活场域书写的三大误区。旧体诗本有古、近二体,各有所长,而当前的旧体诗写作在诗体选择上却出现严重的偏执,重近体,轻古体。

批评层面存在四个维度的缺失:适应于当前社会沿革状态的批评理论缺位;跟风时评倾向盛行;文本感悟的思维模式更

新不足，局限于"主题情节——人物性格——语言特点——作品不足"的套路；"精致的功利主义"导致批评话语的批量化生产，缺乏应有的创新性（王巨川《构建当代诗歌创作与批评的健康空间》，《贵州社会科学》2017年第5期）。有些新文学研究者的立场模糊矛盾，对新文学作品的评论及文学史的书写远远超出现代性范畴，但对旧体诗词却过分地一味用"现代性"去评判（陈斐、蒋寅《探寻现代汉诗书写的另种可能——关于近现代诗词研究与创作的问答》，载《第三届当代诗词创作批评与理论研究青年论坛论文集》）。

有些以前不太受人关注的诗词别体，如诗钟、白话旧体诗词等，也被发掘出来：诗钟是晚清民国之际盛行于士大夫群体间的"文字游戏"，关涉着士大夫的娱乐生活和诗歌技巧的练习，与现实社会、诗学传统也有着密切的联系。随着诗钟的文类及文学范畴的界定，晚清民初的士人将诗钟视为一个时代特别的文学类型，并以传统的"变风变雅"说作为隐性的理论资源，从更广阔的文学和社会领域建立了一套独特的"游戏诗学"（潘静如《时与变：晚清民国文学史上的诗钟》，《中山大学学报》2017年第4期）。民国时期出现了大量的白话旧体诗词，一直为白话文学或新文学所掩盖；其作者身份、体式类型、文体特征、题材内容、写作方式、艺术手段、风格美感及传播等，都具有"现代""新"特点（曹辛华《论民国白话旧体诗词的创作及其意义》，载《第四届"雅韵山河"当代中华诗词学术研讨会论文集》）。

2. 特定主题研究

本年度研讨的特定主题有抗战诗词、报刊诗词和近代民国诗话。

近年来，抗战诗词一直是学界关注的热点。本年度的相关成果，注重从群体和整体着眼，研究视野既有广度，亦有高度。或从"时空范畴"、"文学史秩序"和"文学批评实践"来建构抗战时期旧体诗词的合法性，或对民国教授的抗战词进行了历史还原和梳理，展示了民国教授这一特殊的知识分子群体在抗战的各个时期，用词的方式来书写记录当时的历史现实，表现他们对时局的关切和种种复杂情感，或以1931—1945年的抗战词坛为研究对象，以词人群体为中心，并引入期刊、社团、地域、性别等多元视角，力图对该时期的词学理论、题材内容、词艺风格、群体流派等做系统的梳理和总结。一些抗战诗词较有特色，如王冷斋的《卢沟桥抗战纪事诗》（五十首），别开一路，专以七绝抒写历史，以组诗的形式弥补七绝容量的不足，诗后加注，既重纪实，亦不忽视艺术规律和诗人自身的思想、情感表达；卢冀野的《中兴鼓吹》，以词纪史，并运用对联句、叠词、套词等形式写词，在拓展内容和创新词体方面都有贡献。

报刊诗词是本年度新出现的研究热点。研究者们通过考察特定的报刊诗词，或探索诗界革命之渊源，或还原民国旧体诗的真实存在状态，或揭示民国后期的遗民心态，或探寻反映的时代诉求和民族精神，或分析某一诗人、诗歌流派的诗学特点与变化。胡全章所著《近代报刊与诗界革命的渊源流变》，利用近代报刊诗歌诗话文献史料，对诗界革命的历史渊源、核心阵地、原初形态、地理版图、革新精神、多层意蕴、诗体风格、流变轨迹、诗人队伍、历史影响等方面进行系统探研，重绘了诗界革命运动的政治、地理、文化、诗学、诗人版图。尹奇岭的专著《民国时期新旧文学关系散论》，通过考察新旧文学与报刊市场、旧体诗词的刊印传播，展现了社会生活新旧杂糅、交融互渗的复杂性。有的以《雅言》和《同声月刊》所载旧体诗词为考察对象，认为其中作为创作主力的清遗民，"局外观棋"成为他们一个想象的观世维度，而"螺蛳壳里做道场"则表征了他们在现实世界的无力感和隐微的精神世界。他们在诗词中通过建构和确认自己的遗民形象，避开了个体的伦理承担，成为沦陷区"（伪）秩序重建"和"东亚共荣"版图的一部分（潘静如《"两京"沦陷区清遗民的"位置"——以〈雅言〉〈同声月刊〉杂志为中心》，《中国现代文学研究丛刊》2017年第1期）。战时重庆版《新华日报》刊载的150余首旧体诗，则蕴含了高涨的民族文化精神，体现了民族身份认同和民族精神诉求。

作为诗歌理论批评的重要载体，诗话往往为学界所重。而近代以来的诗话尤其是现当代诗话，一直缺少关注。近几年，对近代以来诗话的关注度有所提升。中华诗词研究院启动了"当代诗话整理与研究"课题，其课题报告从诗话概况、诗话作者、诗话目前状态、时间脉络与诗话走向、诗话种类、诗话风格等方面对当代诗话的现状进行了归纳和总结（郭庆华等《当代诗话现状研究及发展建议》，《心潮诗词评论》2017年第1期）。《民国旧体文论与文学研究》一书，论述了民国诗话的"现代"特色，新旧观念交织的诗学状态，时局时事对诗话的影响等。潘静如的专著《民国诗学》，既总体探讨了民国诗学精神与演变，也分别考察了陈衍、汪辟疆、钱仲联、钱锺书、吴宓、杨钟羲、孙雄、章太炎、刘咸炘、徐世昌、郭则沄等民国一流人物的诗学成就，颇有新见。有的学者探讨民国诗话的现代品质和入世情怀，认为在西学大炽、新旧诗学话语激烈对抗的文化背景下，民国传统诗话批评对象有所变化，加入了新的对象，如采集、评说"新诗派"、外国诗和外国诗人，品评白话新诗和新文化运动倡导人，关注俗文学，为传统的诗学批评涂抹了丝丝缕缕的现代色彩；南社诗话的革命倾向、滑稽诗话的世俗嘲讽笔调等内容体现了民国诗话的入世情怀。民国时期报刊所载的妇女诗话，既有对"新女性"的提倡，又有对传统妇德的回归。其批评视角和思想主旨与当时的女学宗旨有关，即培养既知书达理，又安于家庭生活的贤妻良母。此外，辛亥革命对近代报刊诗话的影响，南社文人群以报刊诗话进行的诗学论战，《民国日报》中报刊诗话的宋诗派诗学批评、唐诗派诗学批评和"艺文屑"诗学批评等问题，也有讨论。

三、诗人诗作与诗社诗群

本年度的个案研究，既关注诗人个体和诗人类别，也顾及诗社、诗群及其创作，沿着"点—线—面"的方式逐层推进和深入。

1. 诗人诗作研究

有关新文学作家、书画家、由清入民的跨代诗人、女性诗人和学者诗词的研究成果，日益突出。

对新文学作家旧体诗的研究，侧重在"新文学"背景下探究其旧体诗生成的原因和过程、旧体诗与其他新文体的关系，以及旧体诗的现代意味。鲁迅和郁达夫的旧体诗是关注的热点：有的从传播角度来比较、分析那些经由鲁迅自己反复修改而出现的旧体诗异文,认为鲁迅的这种行为,除了是为使诗的平仄合律外,更重要的原因是通过对诗句的反复修正,达到对"抗世者"这一自我形象的妥帖构建。有的认为潜藏在鲁迅内心深处的诗骚情结是促使其选择旧体诗的远源,近代报刊杂志等新兴媒介激发的发声需求则是鲁迅选择旧体诗的近因。有的探究鲁迅在1931年后创作大量旧体诗的原因:避难期间无法写作,旧体诗则不受客观环境限制;文化高压之下,将旧体诗写成书法作品以传布讯息;旧体诗便于交际唱和,抒发私密意绪。有的从华夏上古神话、《楚辞》系统神话、民间传说神话、异域神话原型等探寻鲁迅旧体诗中的神话思维与象征。对郁达夫旧体诗的研究,或发掘其遗民情结,进而讨论其诗的现代性;或考察其情感基调"扩散"到其小说的路径,认为郁达夫的旧体诗写作与其他文体同呼吸共命运。张恨水、茅盾等人的旧体诗也受到不同程度的关注。

对书画家旧体诗的研究,注重书画家身份、个性、书画作品与其诗词的相互印证。有的将现代中国画家旧体诗词分为四个历史阶段:变革期(1912—1936),传统派与革新派画家诗人致力于传统诗词的现代转型;深化期(1937—1949),画家诗人主要聚集在抗战旗帜下用旧体诗词书写战乱;转折期(1949—1976),在新的社会政治环境下,中国和离散海外的画家旧体诗词创作出现了合唱与独吟两种书写方式;复苏期(1977年至今),从"归来者"到"网络达人",其创作多新变(李遇春、叶澜涛《现代中国画家旧体诗词的历史浮沉与演变趋势》,《江西师范大学学报》2017年第3期)。有的对齐白石的"薛蟠体"诗风进行反思,反对将齐白石的诗称为"薛蟠体";有的重点探讨吴昌硕和张大千的题画诗,以诗、书、画互证,分析诗中的隐喻,解码诗人的心灵与思想,思考中国文人传统中诗书画同源的时代意义。

跨代诗人王闿运、樊增祥、陈三立、况周颐、华世奎等,最受青睐。相关研究尤其注重将其人其诗放在时代变革的大背景下,探讨其情感、思想的复杂性和诗中蕴含的时代特质,揭示其艺术新变。樊增祥数量众多的赠内诗,用游戏手法和自嘲方式,立体呈现女性形象,跳出了晚清诗坛才学与艳情的套路;华世奎在清亡之后,心态由退而不隐有所待,一变为妥协之中有坚守,再变为身处困厄而心怀悲悯。心态的变化直接影响了他诗歌创作的基调:由政治性的亡国之思,一变为文化性的遗民之志,再变为人类性的生存之悲。

现代中国女性旧体诗词是现代中国女性文学史的重要组成部分,其历史浮沉轨迹和艺术演变趋势与女性诗词创作主体的女性意识嬗变密切相关。近百年女性词史构成了对20世纪词史的补益及对千年女性词史的续写,理应获得更多瞩目。民国女词人在巨变的时代中经历了学词方式、交游方式和词作传播方式的革新,词艺上颇多创新拓展,词论亦不乏新见,应加强整理与研究。民国时期出现了多种女性词选,反映了女性词的发展轨迹,颇具文学史意义。

学者诗词的研究,以李剑亮的专著《民国教授与民国词坛》为代表。该书从文献学、文艺学等维度,系统梳理了民国教授的词创作与词学研究的成就得失,将民国教授词分为读书词、题画词、抗战词、爱情词、科学词等五类,注重还原民国教授词作的背景与过程,揭示近现代社会转型对文学变革的作用与影响，评价了民国教授的词史地位与创作意义。还有学者指出，王国维、陈寅恪、马一浮、钱锺书等现代学者的旧体诗词，建立在有别于中国传统文化的西方学术文化之上，既是"诗之新声"，又是"学之别体"。

2. 诗社诗群研究

本年度对诗社、诗群的研究也有新的拓展。对梅社、梯园诗群、乐天诗社、梦碧词社、午社、晨风庐诗人群、同光体词人群的源起、构成、创作内容和诗学主张等，都有比较深入的探讨。其中梅社是20世纪30年代由中央大学女生成立的诗词社，上承清末民初东南学术，接续遗老诗人的旧学传统，下启当代学者诗群。以寇梦碧、陈宗枢、张牧石三人为核心的梦碧词社，以诗词慰藉苦难，抒写了当时知识分子的迷茫与苦闷。他们以梦窗、碧山为宗，推崇清季词学巨匠朱祖谋与郑文焯，创作上主张情真、意新、辞美、律严。民国初年，清遗民诗词结社非常普遍，上海、北京、天津等地区的遗民诗社尤多，当时可考的清遗民诗词社有58个，其中上海13个、北京26个、天津5个，占七成半，其他省市累计才13个，仅与上海一地相当。同光体词人群的形成原因、成员构成、群体特征和词学主张，也有系统的研究。

本年度的个案研究也暴露出一些问题：这些成果，关注近现代尤其是民国时期的诗人、诗社较多，发掘当代诗人诗作则相对较少。研究当代人及其诗作的文章，学理性往往不够，有的夸大研究对象的价值和意义，有的巧为旧说装点以吸人眼球，有的出现一些常识性、逻辑性和语言上的错误，反映出作者缺乏应有的学术功底和理论素养。在当代诗词创作个案研究这一块，无论是深度还是广度，都亟待加强。

四、诗词的创作理论

学者们不满足于对作家作品的分析，而是积极探寻当代诗词的创作理论，建构新的价值理念和评价标准。

1. 价值观的构建

当代的诗词创作面临的主要问题，在于如何表现当代人的生活与生存体验，如何让旧体诗词在当代的新语境下焕发出新的活力；既要用符合当代特征的价值观来引领诗词创作，也要在书写内容上有意识地与当下题材、当下生活接轨。

诗词生存语境已改变，传统诗词语境中人与自然的和谐，已被现代人与自然的紧张、焦虑打破。人们的目光早已从人与自然、人与社会、人与他人转向更深刻的人与自我的灵魂深处，如何告别浪漫、抒情、言志、写实的传统范畴，更进一步写出"此中有真意，欲辨已忘言"的真意才是关键。这个真意，不是认识论的真理，而是价值论的真理，是人性之真。继提出"当代诗词创造论文学价值观"后，有人进一步提炼出"人性创造论价值观"。人性创造论价值观，体现了文学是人的自我认识，是在自审中建立起人的欲望—理性的生命机制，以此实现艺术的"无用之大用""无为而无所不为"。情感涵盖不了人的全部精神，抒情言志，其情志之根在人性。如果把情感表现理解为传统诗词创造理想人性的方式的话，诗词艺术发展到今天，应该有更高级的理性和感性认识的结合。诗人永远是把灯提在身后的人，依然应该是人类命运的承担者和人生意义的创造者

（宋湘绮《从诗词鉴赏止步的地方出发——当代诗词创作方法论》，载《第三届当代诗词创作批评与理论研究青年论坛论文集》）。从某种意义上说，古体诗词更能传达出当代人尤其是海外华人对民族文化的认同感；当代古体诗词在内容上并不脱离时代，而是面向当代，与当代人的精神、血脉相通。当代诗词由于擦亮了现代人文立场的眼睛，咏史、田园等传统题材都焕发出古典语境下所不可能具备的独异光彩。有论者从整个21世纪的文学着眼，立足文学本位，提出价值重建的三个要点：叙事原点——立足本土经验的世界性书写，审美基点——文本内涵的可阐释性，艺术支点——深刻丰富的悲悯情怀。这三点也适用于当代诗词价值观的构建。

当代要创作什么样的诗词？一种意见认为，诗词创作要介入现实、歌唱时代新声、传递正能量，用当代精神和现实生活赋予旧体诗词以新的生命力。另一种意见是，诗歌虽然有宣传、启蒙的功效，但就其本质而言，还有审美性和诗性。当代诗词创作要立足当代，并不意味着一定要书写重大社会题材和生活事件，完全表现鼓舞人心的力量。诗可以群，亦可以怨，但不能无视诗歌的文学特性和表现内容的丰富性。

2. 创作方法的总结

创作方法的研究，不再满足于单纯、平面地总结古代诗词的创作经验，而是注重这些经验如何适用于当代诗词的创作。当今中华诗词写作应该继承古代诗歌"言志"与"缘情"的传统，赋比兴的创作方法和形象化的语言风格。古今诗词创作，都推崇从"意象"到"意境"，如郑板桥论画竹时"眼中之竹""胸中之竹"最终变为"手中之竹"的过程，亦如王昌龄《诗格》

所论"生思"、"感思"和"取思"的过程，古人的这些经验值得汲取。唐人律绝，对于创造含蓄风格的当代诗词而言，有九点经验可供借鉴：不罗列概念、避免直说、含蓄讽刺、有藏有露、恰当用典、创造多意、删繁就简、运用象征和用好"在"字。

　　有的尝试从西方文艺理论和西方创作经验寻求现代诗词创作的突破。如运用现代叙事学的理论成果，探究诗词的认知视角与叙事倾向、作者创作过程与读者阐释过程的叙事预设、诗词起承转合的结构与阅读的严谨感和整饬感、对仗结构的均衡感和稳定感、列锦叠加铺叙结构与阅读的丰富细密感、对比（或转折）与阅读的审美惊奇感，以及在所指与能指关系的转义性基础上形成的隐喻、典故、反讽等独特诗法。有的以曾峥的现代城市词为例，探讨如何在旧体诗词的形式外衣里，吸收运用西方现代派甚至后现代派艺术手法，赋予现代诗词全新的艺术品格：意识流的时空切割与重叠、蒙太奇的画面摄取与拼接、超现实的生活玄想与变形。

　　有的则探讨当代诗词如何在精神、内容、语言、表现方式等方面向新诗借鉴。当代诗词在保持旧体诗形式特点的前提下，应学习新诗语言，追求语言的自然明快、流美生新，拉近诗歌语言与现实生活的距离，实现语言的现代化。要学习新诗表现手法，增强表现手法创新，创造出新异的诗歌意象和意境（陈友康《当代诗词向新诗学习什么》，《贵州社会科学》2017年第5期）。旧体诗词在语言上借鉴新诗，也有成功的范例：聂绀弩的"散宜生体"是将新诗塞进旧诗的茧壳，故意将简单的事说复杂，造成一种"陌生的熟悉感"；周啸天的"欣托居体"

大量使用口语，降解典故，故意把复杂的说简单，造成一种"熟悉的陌生感"；曾少立的"李子体"对词体和语言进行颠覆，故意造成一种荒诞的陌生感。

当代诗词不仅可以向新诗学习借鉴，还可以向其他文体学习。了凡、李子等诗人就不再满足于对传统诗词的简单模仿和复制，而是以开放的创作观和开阔的文学视野展开一系列的文体实验，将传统诗词与议论文、杂文、小说、现代诗等多种文体融合在一起，相互渗透，在语言上颠覆传统的话语方式，吸纳更多通俗的现代汉语和现代意象，打破传统诗词几千年以来惯常的文体范式，陌生化效应突出。打破固有话语范式的写作方式是对传统诗词话语的反拨和挑战，在一定程度上拓展了诗词的审美空间，丰富了读者的阅读体验，也加深了读者的审美感受。但是，如果这种反拨走得太远，变得无节制之后，结果就令人堪忧了。诗词的发展与创新必须坚守其诗性，不能因为片面追求内容和表现形式上的新奇而损害其文学性与审美性。

此外，李元洛的《诗美学》，初版于1987年，2016年修订再版后，引起热烈反响。2017年9月，湖南省文联在北京主办"李元洛《诗美学》研讨会"，与会学者认为，《诗美学》紧紧抓住"美"这一核心概念，不斤斤计较于诗歌的新旧之争，消解了新旧诗歌的时代鸿沟。《诗美学》还引征了大量中国台湾、海外的华语诗歌，拓展了旧体诗词研究的视域。其宏大完备的结构体系、贯通古今中西的视野、精审严密的论述和生动优美的语言，得到与会专家的充分肯定。《诗美学》是当代中国诗歌美学理论的重要创获，对诗词的创作和欣赏都具有切实的示范性意义。

综上所述,2017年的诗词理论研究有所推进和深化,同时,我们也应看到其中的不足:研究焦点多集中于民国时段,对当代诗词的创作现场还关注不够。这一问题,有待诗词界和学界同仁共同解决,着重加强当代诗词的理论探索和批评力度。

第三章　诗词文献整理

2017年度诗词文献整理的成果，在上一年的基础上有长足的进步，并呈现出一些新特点。

一、文献整理的概况

2017年度出版的现当代诗词文献，根据内容不同，可分为作品类文献与理论研究类文献两类。按照载体不同，可分为纸质文献与数字化文献。

作品类文献量稳中有升。本年度的诗词作品类文献，包括丛书类、汇编类、别集类等。据不完全统计，2017年出版的现当代诗词丛书类文献至少有8种，内容涉及民国诗词、伪满时期文学、地域诗词、南社文献、当代诗词等方面。诗词汇编类文献出版近30种，有的选辑某一群体诗人所作诗词，有的专门汇编某一诗人的诗词文作品，有的则围绕某一特定主题编选。别集类文献出版近70种，涵盖晚清民国、现代及当代三个时段，晚清民国诗词别集侧重整理校注；现代诗词别集侧重搜集，力求完备；当代诗词别集侧重甄选，突出特色。

理论研究类文献涉及面广。诗词理论研究类文献，包括专著、集刊、论文（期刊论文、博硕士论文）等。其中，专著类出版近40种，涉及诗词史的梳理、诗词家群体和个案研究、报刊诗词、诗词格律、诗词作法等方面。集刊类出版5种，除《民国旧体文学研究》《新文学评论》外，2017年新增了《夏承焘研究》《诗国特辑》《诗说中华》。论文有200多篇，涉及作家研究、作品研究、专题式研究、诗词史、文献考证、诗词理论批评、域外诗词研究、研究综述等八大类。期刊论文中，诗词理论研究占比最大。博士论文多从宏观着手，硕士论文多具体而微。

数据库建设逐步开展。随着网络技术的进步，越来越多的现当代诗词作品与研究文献刊载于移动网络与互联网。移动网络催生了微信，当代诗词爱好者借助微信平台，通过建群，成立诗词社团，开展诗词创作与评论。还有大量的网络文言翻译诗出现。以眭谦、钟锦等为代表的当代学者，用传统诗词形式翻译英国、波斯、俄罗斯诗人的作品。这些文言翻译诗，或保持原作的韵律形式，或以汉语传统格律置换原作格律。作者还在译诗后以传统笺注的形式写上译笺，用以说明译诗用词的出处和典故、原作中与伊斯兰教、基督教、波斯历史文化（包括中外交通）等相关的背景知识。这种文言翻译诗，证明意境的置换可以成为不同语言诗歌相互转译的重要途径，昭示了中国传统文言的独特审美效果。

数据库建设方面，除大成老旧期刊数据库、晚清民国期刊全文数据库、全国报刊索引全文数据库、翰堂近代报刊数据库外，学苑汲古、国家图书馆馆藏民国期刊、国家图书馆馆藏民国图书、中国近代报刊库、中国近代文献联合目录、重庆图书馆馆藏民国文献、北京大学图书馆馆藏民国旧报刊、华东师范大学图书馆民国图书全文电子书库、武汉大学图书馆民国珍藏库、复旦大学图书馆馆藏民国时期书刊、南京大学图书馆馆藏民国图书电子库、清华周刊数据库查询系统、中央日报标题索引、申报数据库等,均可进行民国诗词文献的检索。但民国文献的数据库目前仅限于少量的重要报刊,民国图书(如民国诗词别集、总集)的全文检索数据化还没有批量出现。

现当代诗词文献研究逐步开展。现当代诗词的文献研究,主要集中在稀见史料发掘、文献分类、年谱、作品系年、版本考述、作品辑佚与校勘、诗人交游等方面。继大型诗词学学术研究丛书《民国诗词学文献珍本整理与研究》(曹辛华、钟振振主编)后,2017年又出现了《民国诗集选刊》《珍本南社旧著丛刊》《南社史料辑存》《伪满时期文学资料整理与研究》等大型文献丛书。

综合来看,丛书与汇编类文献在数量上均有所增长。丛书类比2016年增加了2种,汇编类增加了近20种。其中,汪梦川、熊烨主编《民国诗集选刊》(广陵书社2017年版),收录诗人总数达213家,计有137册,是我国出版的第一套大型民国旧体诗歌总集。而当代人选当代诗词作品,尤引人注目。如《中华诗词学会三十年·诗词选》《麒麟阁·黔中九人诗词选》《生态梯田·大美关山——关山大景区征文大赛作品集》等,有助于对当今诗词结社、交游唱和、专题性讴歌盛况的考察。另有一些当代诗词,以分期连载的形式见诸报纸杂志,如云南省《春城晚报》副刊,每期刊载1位诗词作者的10首作品,借此推动诗词文化"走出小圈子,服务大社会"。这类文献呈现出"跨文体、跨学科、跨时代、跨国界"的特点。

别集类文献,作者年龄跨度大,社会身份各异,有生于晚清民国者,有生于现当代者;有大学教授、中学教师、学者、医生、农民、文史研究员、工程师、公务员、自由职业者、书画家、编辑、大中学生、信托专家等。如《春草吐翠》的作者王中春、王洪滨是农民，《好风景集》的作者徐永清是测绘专家，《海岁诗词》的作者余海岁是岩土力学专家，《浮世风花》的作者陈赤是信托专家，《荒原》的作者北朔是衢州二中在校学生。

别集类文献的主题，有的歌咏自然山水，有的描摹历史文化和风土人情，有的表达对家乡的热爱，有的弘扬时代主旋律，有的记录人生成长轨迹，有的宣传环保，有的表达羁旅之情。有些别集明显烙上了作者的职业烙印，如医生唐加征所著与从医有关的《医林漫步》，环保专家郭纹铭所著与环保相关的《宁静轩集·环保专辑》等。

无论何种文献，多重在表现作者的个人追求与审美感悟。如郭梓林所著《恪守初心——为了自己而远行》（当代中国出版社2017年版），主要内容是北京大学公益讲座相关活动过程中的感想和体会，是作者修养身心的成果，真实朴素的语言传达了作者的人生感悟，体现了作者"文以载道、美文传道、以文修身"的理念。又如王小燕编著《诗词品读——从诗词审美中感悟生命》（中山大学出版社2017年版），通过诗词品读，引导读者关注宇宙自然，提升对自然的审美能力，进而感悟人生；通过对"山水"诗词的品读，引导读者热爱大自然，从大自然中体悟人生真谛；通过对"爱情之美"诗词的品读，引导读者确立正确的爱情观，在爱情审美中升华人生。其他如张嵩著《诗化留痕》（宁夏人民出版社2017年版），赵晓辉著《诗游记——我与古典诗词的一千零一夜》（南海出版公司2017年版），陈更著《几生修得到梅花》（东方出版社2017年版）等，都从不同角度体现了当代诗词作者的人生感悟和个人情怀。

还有一些文献，重在体现家国情怀。如易行主编的《诗国特辑》，选编近百年来现当代诗词佳作，包括毛泽东等老一辈革命家诗词、李大钊等革命烈士诗词、鲁迅等文化名家诗词、当代名家与新锐诗词，选编镌刻在郑州黄河诗墙上的诗书合璧诗词和解放军红叶诗社、中国社会科学院秋韵诗社诗词与黄河散曲社散曲等。陈义隆编的《诗说中华》，以中国古代历史为创作题材，以七言诗为主，辅以词作，用简洁的诗词语言来描述纷繁复杂的重大历史事件，使诗作从碎杂的闲吟抒怀转为集中叙事，彰显了民族凝聚力。

丛书类、别集类文献，体现出求全的文献意识，不同作家一视同仁，有作品集即汇录，不考虑作者身份与地位；同一作家，不分体裁，诗词文作品一并网罗。如《民国诗集选刊》，既有对王闿运、丘逢甲、缪荃孙、刘师培、胡薇元、沈曾植、陈三立、陈衍、郑孝胥、吴梅、夏孙桐、夏敬观等人诗集的整理，也有杨葆光、杨鼎昌、沈家本、吴保初、何震彝等诗学文献的汇录。余海岁的《天涯梦回·海岁诗词》，既收录旧体诗词，也录有新诗。有的别集，不仅收录诗词作品，也收录作者的研究论文。如郑欣淼的《寸进集》，就收录有作者文博研究、故宫研究、鲁迅研究、诗词研究论文和具有代表性的诗词曲作品。陈平沙的《逝影冰山》，现代诗、古体诗词、散文、小说、摄影书画等一并收录，体裁多样，内容丰富。

无论是汇编类文献，还是别集类文献，都注重第一手文献资料的搜集。如《民国诗集选刊》，编者进行了大量调查研究，选择诗人诗集影印出版，以提供可信可靠的原始文献。《南社史料辑存》，有的是依据原始档案整理，相当珍贵。

二、文献整理的价值

2017年度出版的现当代诗词文献，有助于开拓近现代诗词新的研究领域。如《中国近现代稀见史料丛刊》第四辑，整合近现代诸多稀见而又确有史料价值的文献，为学界提供阅读和研究的便利，多层面、多角度地呈现具有连续性的近现代中国社会的肌理与血脉、骨力与神韵。该辑内容丰富，据此可以了解近现代中国社会的方方面面，如思想观念与民俗信仰、传统政治的运作、外交事务与中西碰撞及国人对西方的态度、官民日常生活、文学书写与传播等，各个学科的学者都可以利用，其价值是综合性、多学科的。《上海诗词系列丛书》（2017年1、2卷），可使学界全面了解上海诗词学会本年度所取得的成绩，亦有多维价值。

大型丛书类文献将推动现当代诗词的深入研究。如《民国诗集选刊》，选取民国时期不同地域、不同领域、不同流派的诗人别集影印出版，为深入了解民国时期旧体诗创作提供了坚实的文献基础。汇编类文献也将带动专题诗词研究。如《中国古今咏酒诗词选》，以古今咏酒诗词为主线，精选中国2000多年来咏酒诗词780首，并附酒联98副，加以简注，有助于中国古今咏酒诗词专题研究。《遂宁风雅》，收录书写遂宁两区三县自然景物、历史遗迹、风俗习惯、人物交游等方面的古今诗词，有益于地域文化的专题研究。《广州古今竹枝词精选》，收录了古代和当代描写广州风貌的竹枝词，为广州学及史志研究者寻找地情资料提供了丰富的文献。

当代诗词文献，层出不穷，为今后诗词文献整理保存基础

史料。总集类有《上海诗词系列丛书》《学森颂》《当代诗词名家作品精选》《诗词安徽》《集安最美——诗词作品选》等,别集类有《冷暖室别集》《燕南诗稿》《岁月诗痕》《我在秋声里踥蹀——刘天仁诗词集》《心素集》《心镜集》《清风弄月——赵家镛诗词选》《楠竹集》《闫涛新韵诗词》等。

研究型著作亦伙,逐步推进诗词评论与理论研究的学理性发展,引导当代创作更好地继承与创新。如《珠吟玉韵——诗词曲审美》《启明星在闪耀——胡永明诗书评论集》等。有关诗法研究的专著尤令人注目,如《器中有道——历代诗法著作中的诗法名目研究》《诗的八堂课》等,前者致力于总结与整理现存文献中的优秀诗法名目,以开发诗格、诗式、诗法等"边缘史料"的文献价值与理论价值;后者以系列讲座的形式,征引古今中外的诗作与诗论,就博弈、滋味、声文、肌理、玄思、情色、乡愁、死亡等话题,就诗人写什么、怎样写、如何读等问题展开讨论。《填词基础知识与词例》,亦有助于词作爱好者选调、协律和推敲平仄。

三、文献整理的趋势

2017年近现代诗词文献整理,注重旧有文献的努力发掘和当下文献的即时保存,越来越关注方法类文献著作,刻意挖掘新文学家、小说家所创作的旧体诗词,并将诗词与书画艺术融合。如中华诗词学会编的《中华诗词学会三十年》系列丛书,分大事记、诗词选、论文选三部分保存时下文献。《大事记》以报告形式对中华诗词学会的来源、机构、发展过程中的诸多重要事件做了记录;《诗词选》精选了一批30年来的优秀诗词;《论文选》集合了诸多诗词领域的专家对诗词的见解。这种集报告、作品、论文为一体的诗词集汇编文献,可使学界全面了解中华诗词学会近30年的运作情况,也为今后汇编类文献提供了新的范式。

诗词创作方法的文献大量涌现,旧版与新著并行。如《中国诗法学》《词学十讲》《填词与品词入门》《诗词技法例释类编》《诗词曲格律讲话》《诗词格律三十三讲》等,指示诗词创作、欣赏的门径,颇受读者欢迎。有关诗词创作方法的专业文献和普及性文献,还将受到持续关注。

新文学家和小说家的旧体诗词集,也整理得不少。如《郁达夫诗词集》,汇辑了郁达夫的优秀诗词作品;《瞿秋白文学精品选》,收录了瞿秋白的旧体诗作;《小说家的诗:自画像》,收录了汪曾祺的所有旧体和新体诗作。还有些当代诗词作者的别集类文献,注重与书画艺术相结合。如《刘中光的诗书画艺术》,收录刘中光的诗、书、画作品约100件,从不同侧面反映了作者的艺术造诣和追求。《姚爱文诗联书法作品集》,是作者的诗联、书法作品合集。《王中年诗书画三绝》,为王中年数十年来国画、书法及诗歌的合集。《清谭夕韵——佘国平诗画集》,收集了作者早年的绘画习作和退休后创作的诗词。这些诗词与书画艺术相结合的文献,实现了诗词之美与书画之美的交融互渗。

2017年的诗词文献整理,往往具有持续性。丛书类文献,如《中国近现代稀见史料丛刊》第四辑之后,第五辑和第六、七辑将会陆续推出。《全粤诗》从2008年至2016年陆续出版了前19册，2017年出版了第20、21、22册，此后还会继续出版。《民国诗集选刊》也将会有续刊问世。《诗国特辑》继2016年出版卷一后，2017年出版了卷二和卷三。

第四章　诗词教育

　　2015年10月《中共中央关于繁荣发展社会主义文艺的意见》和2017年1月中共中央办公厅、国务院办公厅印发的《关于实施中华优秀传统文化传承发展工程的意见》都明确指出："加强对中华诗词、音乐舞蹈、书法绘画、曲艺杂技和历史文化纪录片、动画片、出版物等的扶持。"2017年10月，习近平总书记在党的十九大报告中指出："深入挖掘中华优秀传统文化蕴含的思想观念、人文精神、道德规范，结合时代要求继承创新，让中华文化展现出永久魅力和时代风采。"这一系列的文件和讲话精神显示，乘着新时代的东风，诗词教育事业即将迈进生气蓬勃的新阶段。以习近平同志为核心的党中央高度重视包括中华诗词在内的中华优秀传统文化的继承和弘扬，中华传统文化的回归已成为新时代的文化需求和国家文化发展的大战略。在这文化战略目标实现过程中，2017年诗词教育工作紧密围绕党中央的指导思想和习总书记的讲话精神，继续在各个领域蓬勃开展。

一、诗词教育概况

　　当代诗词教育，依据不同的主体，可分为"学会诗教"、"高校诗教"、"中小学诗教"和"民间与网络诗教"等。大众媒体举办的诗词节目，也推动了诗词教育的火热开展。

1. "学会诗教"有序开展，稳中求变

诗教工作是中华诗词学会的大战略和工作重点，是推动中华诗词繁荣发展的重大举措，对各地方、各层次的诗教工作具有重要的借鉴意义。

2017年，适逢中华诗词学会成立三十年。在这一特殊的历史节点，中华诗词学会继续团结凝聚全国广大会员和各级诗词组织，充分发挥党和政府联系诗词界的桥梁和纽带作用，认真抓好诗词创作尤其是精品创作，将诗教工作立足于"着眼国民诗教，着手校园诗教，着力社会诗教"的总体架构上，积极推动全社会的诗教普及。11月，由中华诗词学会主办的全国诗教工作会议在江苏镇江召开。会议全面分析总结上届扬州会议后五年以来中华诗教工作面临的新形势、新任务和取得的新成绩、新经验，研究如何进一步搞好新形势下的诗教工作，制定中华诗词之市（州）、中华诗词（散曲）之乡、中华诗教先进单位申报考察验收细则。"中华散曲之乡"的创建虽起步较晚，但今年取得了阶段性成果，继2016年底授予山西省原平市第一个中华散曲之乡后，2017年在全国授牌多个中华散曲文化教育基地，如江西省抚州市汤显祖纪念馆、上饶市铅山县蒋士铨纪念馆、高安市周德清故居、浙江省兰溪市芥子园，陕西省潼关县岳渎阁景区等。散曲之乡、散曲文化基地的创建，促进了散曲的复兴。目前，山西、江西、湖南、广西、北京等地散曲创作已蔚成风气，散曲理论研究已具有一定规模和深度。

在诗词培训方面继续采取函授、面授等多种方式。2017年中华诗词学会教育培训中心以面授的方式举办了第二届高级研修班，同时还举办第十三期函授班，努力探索诗词教育的不同

途径，将诗教工作落到实处，走向深处。此外，还积极酝酿和推动专门的诗词写作教程的编写与出版。

以中华诗词学会为龙头的省、市、县各级诗词学会，亦以推动诗词大众化、通俗化为努力的方向，将诗词普及、传播和教育作为工作重点。2017年各地诗词学会在中华诗词学会的引领下，举办了丰富多彩的诗教活动。

一是各地诗词学会举办各种级别的诗词讲座、诗词创作研修班、雅集采风、诗词演唱及吟诵会，促进会员交流，提高创作和鉴赏水平。如上海诗词学会举办的"诗词讲堂——我的创作谈和诗词观"、陕西省诗词学会举办的"中华诗词长安大讲堂"等，都邀请全国知名的诗词专家和教授进行讲授，既提高了学会会员的诗词创作和理论研究水平，也扩大了诗词在当代社会的影响力。部分诗词学会还通过建立诗词微信群，搭建诗教新平台，共享学习心得，交流诗词创作，将诗词普及与质量提高结合起来。

二是积极协助地方政府开展"诗教创先"活动。在2017年11月召开的全国诗教工作会议上，各省市新增的全国中华诗教先进单位数量甚多，成绩可圈可点。12月9日，第三届"诗词中国"传统诗词创作大赛颁奖典礼也评出"全国诗教单位杰出贡献奖"。各省市也倾力打造诗教"争先创优"活动品牌，评出地方性的"诗词之乡""诗教先进单位"。不少诗词学会已将诗教作为一项系统工程。如河北省诗词学会专门下发《关于在全省开展中华诗教创先争优活动的安排意见》，指导在全省范围内进一步开展中华诗教先进市、县、乡、镇和先进单位的创建活动。安徽省诗词学会对已批准的中华诗词之乡和诗教先进单位组织了"回头看"活动，有助于诗教成果的巩固和诗教工作的进展。

三是联合当地政府、诗词社团，开展各类诗词创作比赛、诗词吟诵比赛。如2017年5月，江西省诗词协会联合瑞昌市人民政府、中华诗词学会在全国范围内开展廉政文化诗词大赛活动，不但积极响应时代精神与号召，还弘扬与推广了传统诗词文化。

四是积极开展和落实诗词进校园、进机关、进社区、进企业、进农村、进景区等活动，普及诗词知识，促进诗词文化扎根基层。尤其重视中小学诗词教育，多次在中小学校园开办讲座，开设短期诗词培训班，为中小学师生讲解诗词格律、诗词鉴赏的基本知识，介绍多年潜心研究和创作诗词的心得和成果，推动诗教工作在中小学普及。如北京诗词学会开展了"春风化雨行动——传统文化进校园"项目，福建老年大学诗词学会、天津市诗词学会也先后进校园为孩子们举办诗词讲座。此外，为了诗词的普及与推广还积极编写诗词读本。2017年4月江苏省诗词协会组织编写、江苏凤凰美术出版社出版的《弘扬社会主义核心价值观·中华诗词读本》在南京发布。

五是建设省级专业诗歌教育联盟和研究机构。如2017年4月，江苏诗歌教育联盟、江苏诗歌教育研究中心在南京成立；山东省诗词学会也于4月份成立了教育中心。

各地老年大学承担起传统诗词文化在老年群体中的传播和普及的职能，举办了诗词创作班、诗词讲座等多种形式的诗词创作培训，诗词教育事业在老年群体中稳步推进。随着新兴媒体的兴起，老年诗人群体的作品创作也开始从线下转入线上，与时俱进，利用微博、微信等自媒体来展示其诗教成果。2017年，"中华诗词杂志"微信公众号"诗社互联"栏目先后推送了湖南省吉首市老年大学诗词班"十八洞村"专辑和吉林省长春老年大学胜春诗社专辑；各地门户网站和各地老年大学网站积极宣传老年诗词班作品，如福建老年大学网站精选了长乐市老年大学诗词班学员创作的"庆贺党的十九大胜利召开"优秀作品，人民网11月推送了江苏省老年诗歌朗诵会专题新闻等，让老年群体诗教成果能够得到社会的了解和关注，进一步加强了诗词文化在老年群体中的教育和普及。

2. "高校诗教"蓬勃开展，专业化、年轻化诗词人才不断涌现

高等院校是当代诗教事业的重要领域。自2010年中华诗教学会（筹）成立以来，为推动当代诗词、诗教事业发展做出了多种尝试和努力，诗教逐渐成为大学校园文化的一个亮点。

依托于丰富的学术资源和良好的人文底蕴，高等院校为诗教工作的开展提供了优质的环境。诗教传统在高等教育中的延续，对于大学生传承传统文化，提升人文素质有重要意义。有识之士不断呼吁在高校开设诗词创作与鉴赏课程。这两年，开设专门诗词创作和鉴赏等课程的高校虽仍居少数，但相较之前几年已有增加。部分高校在开展校园诗教过程中，将这类课程作为选修课，授课对象也不局限于中文相关专业的学生，而是让更多大学生都有机会学习和品味诗词之美。

目前我国高校开设诗词写作课程的有：北京大学"诗词创作与理论"，南京大学"古典韵文格律与写作"，中山大学"旧体诗词写作""诗词格律"，南京师范大学"诗词格律与写作"，韩山师范学院"大学生诗词写作",东南大学"诗词格律与写作",贵州大学"汉语诗法与诗律"和"诗词创作入门",江汉大学"诗词曲联写作"和"诗词写作与欣赏",浙江经济职业技术学院"诗词创作"和"诗词与文化",等等。部分高校设立了专门的诗教基地,如西安培华学院、西安财经学院则跟陕西省诗词学会建立长期协作关系,创建了"诗词教育基地"。此外,各高校还通过各种诗歌活动、诗词网站、学生社团、诗词刊物等,为学生学诗开辟多种渠道,指导学生进行诗词创作。如浙江经济职业技术学院编辑《中华诗教》杂志,成为全国诗教信息和诗教文化发布的重要平台,同时该校也积极开展校园诗教活动。

部分高校除积极开展面向本校学生的诗词课程外,还结合社会资源,开设诗词写作及传统文化研修班,为培养青年诗词人才提供进一步学习、交流的平台。2017年7月,中山大学第三届研究生暑期诗词学校开班,共10天18讲,接收来自全国46所高校的103位学员,另有40多位社会各界热爱诗词的旁听学员,其中有不少是中小学教师或地方诗词学会会员,研修班不仅培养了高校诗词人才,也带动中小学教师及诗词学会会员提升诗词素养。

几乎同一时间,广东省"当代古典诗词创作与研究"研究生暑期学校在广东技术师范学院举办,为期7天,50位学员主要来自广东高校,十几位教师中也有从广东外请来的诗词名家。因为该校的珠江月诗社近年在诗词界很活跃,以此为背景的诗校在诗词创作与研究人才的培养方面也颇有成效。

从21世纪初开始,各诗词组织、企业、书院、科研单位与高校诗教工作的对接逐步深化,成立了一些专业诗词教育机构与研究机构，为当代诗词研究及诗词教育的发展提供了新动力。高校对当代诗词创作和诗词理论研究不仅具有学术资源上的优势，同时研究者较高的专业素养也使得高校能够承担起诗词教育和理论研究的重要任务。近年来，中华诗词研究院努力探索有效的合作模式，与国内知名大学建立了良好的学术联系。自2015年始，就与复旦大学、中南大学等高校陆续合作，开创了一种由国家主管部门与名牌大学中文学科优势互补的诗教合作模式，推动了当代诗词创作批评与理论研究的发展。可见，这种合作模式从以理论研究为主，逐步将诗词创作融入其中，有助于实现诗词理论与诗词教育的有机结合，也是高校诗词教育稳步向前推进的体现。

此外，高校与其他机构、单位也积极建立进一步的合作关系。2017年9月，由广东省教育厅批准立项的广东技术师范学院、西江月文化发展（上海）有限公司联合培养研究生示范基地挂牌成立，是全国高校首个诗词类研究生联合培养基地。基地整合高校学术资源与文化企业社会资源共同培养现当代文学研究生，是高等教育走向社会、学术研究与社会实践相结合、传统媒体与新媒体相结合的一种新尝试。12月，闽南师范大学文学院与龙人书院合作成立原龙诗教中心，推动高校与民间书院深度合作。

高校诗词比赛是高校诗词教育的一个亮点，它能极大地激发广大青年学子的创作热情和创作灵感，每次大赛结束都能收获一大批优秀的诗词作品。2017年较受关注的有中华诗教学会（筹）主持、南京大学承办、中华诗教基金支持的2017年中华大学生研究生诗词大赛，中华全国学生联合会、中华诗词学会及中华诗词研究院联合举办的2017年"聂绀弩杯"大学生中华诗词邀请赛，上海交通大学主办的2017年全球华语大学生短诗大赛，以及由复旦大学主办的首届"嘉润·复旦全球华语大学生文学奖"，等等。

此外，中国地质大学（北京）主办首届全国高校"爱江山杯"今声韵诗词创作大赛，倡导将普通话语音系统作为格律标准进行旧体诗词创作，将新韵作为唯一用韵标准，这在高校范围的诗词比赛中尚属首例。此举对诗词现状和未来的另一重要意义是：传统诗词形式新旧韵之争已历百年，理论上互不相让，实际创作则是旧韵绝对强势。公开以新声韵为标准的赛事，这是第一次。

高校诗词大赛的举办，有利于培养诗才，促进诗词水平的提高，为高等教育增添了诗文化内涵。这些赛事的选手中不仅有来自于中国内地（大陆）的学生，还有中国港澳台地区及韩日欧美等地的学子，促进了海内外高校诗词文化交流。

3. "中小学诗教"积极探索，形式多样

要实现中小学素质教育，首先要提高学生思想道德素质，这与党中央加强和改进未成年人的思想道德建设的目标完全一致。素质教育的全面开展和实施为中小学诗教的发展提供了契机。

中小学诗词教育，当前还处于起步与探索阶段，专门的诗词鉴赏与诗词写作课程还很少。一方面，由于中小学阶段升学教育体制束缚，与考试无关的诗词内容长期备受冷落。目前只有较少数学校开设诗词兴趣班，指导学生在完成课程任务之余学习诗词相关知识。另一方面，中学诗词教学资源非常匮乏，

许多教师缺乏有关诗词格律等基础知识的专业训练，要在中小学设置专门的诗词课程，开展诗词鉴赏与创作活动相当困难。因此，诗词要想在学校这个教育主战场普及，迎来全社会的真正繁荣，让诗词进入课本，进入教学大纲，对中小学教师开展专业化培训，提高教师诗词基本素养成为亟待解决的问题。针对这一现象，教育部及各部门、各诗词学会在2017年采取了一系列措施。9月，新一批入学的中小学生迎来新版"教育部编义务教育语文教科书"。本次"部编本"教材最引人关注的变化之一是古诗文篇目的大幅增加。古诗文走进了小学一年级课本，小学6个年级12册语文课本中共有古诗文132篇，占课文总数的30%左右。与原有人教版教材相比，增幅达80%左右。初中6册选用古诗文的分量也增加了。同时，各地教育局与诗词学会积极合作，组织中小学教师参与诗词专题研修班，开展诗词基本知识的系统培训，并对传统文化的课堂教育模式和教学方法进行探索和改革，推进诗歌教育师资队伍建设，使他们能够适应、胜任校园诗教工作的挑战。

在持续努力下，部分中小学诗词教育取得初步成果，多个单位被评为2017年中华诗教先进单位，为促进诗教工作健康深入发展发挥了示范引领作用。一些诗词微信公众号在中小学生诗词作品的推广上发挥了积极作用。"中华诗词杂志"微信公众号"诗社互联"栏目不断推出中小学生诗词作品选，展示了中小学诗词教育新成果，所甄选的学校也从2016年的两所变成了2017年的四所，这也是诗教工作在中小学校影响范围日益扩大的体现。尤其是辽宁省灯塔市佟二堡二中和山东省青岛市长江路小学2013年就成立了诗词创作社，已连续两年在"中华诗词杂志"微信公众号推出学生作品,在开发学生诗词写作潜力、培养学生诗词创作能力等方面取得了一定成效。

借着传统文化复兴的东风,2017年首次尝试举办了多场以中小学生为主体的诗词、国学大赛,如由中华书局发起的第三届"诗词中国"传统诗词创作大赛首次设立了青少年分赛,湖南天华油茶科技股份有限公司举办了首届"湘天华杯"全国青少年传统诗词大赛,中国人民大学国学院发起首届全国中学生国学大赛等。尤其是在传统诗词创作大赛中,将以往青少年赛事中以记忆、吟诵为主要考察点,逐步转向以创作为落脚点,这是中小学诗词教育向前迈出的重要一步。此外,不少地区举办的中小学诗词活动呈现参与人数多、影响范围广等特点。如辽宁省举办的首届普通高中学生诗词大会,全省14个城市的412所高中62万名高中生参加了本次"诗敬青春"诗词大会。由长沙市教育局、长沙市文明办、红网共同推出全国最大规模的线上诗词盛会"青春诗词大会",自开赛以来,受到了广大诗词爱好者的热情追捧,在2个月的时间里,逾80万人次参与该选拔赛的线上诗词比拼。7月,安庆市举行首届中小学经典诗词朗诵大赛,吸引了全市百余所学校近48万名学生参赛。这些赛事的开展,对鼓励当代青少年对传统文化的继承,促进中小学校园传统诗词创作的繁荣有积极意义。

4."民间与网络诗教"为诗教普及提供重要途径

民间书院多以国学教育为主,其中也常常包含诗词教学活动。随着近年传统文化复兴,作为中华优秀传统文化重要载体的古典诗词,再次唤醒沉潜在国人心底的诗意。2017年2月,中国青年报社会调查中心联合问卷网对2000名18—35岁的青年进行抽样调查显示,七成受访青年认为今天仍需培养古典诗词爱好。民间书院的存在很大程度上满足了人们的学习需求,为更多诗词爱好者及青少年提供了提升自身诗词素养及创作水平的途径,客观上推进了诗词教育的广泛开展,如菊斋私塾、北京雒诵堂、明仁德学堂、三易书院、明德书院等都开设有诗词写作及鉴赏课程。

民间诗词教育除了以面授为主的书院外,也依托网络得以发展。近年来微博、微信等自媒体平台以交互性强、操作便捷、传播迅速而受到大众青睐,发展迅速,也为诗词教育的普及拓展了新的有效渠道。据"诗词世界"微信公众号统计,2017年共开设诗词及相关传统文化领域课程1300多节,学习诗词写作课程(写作辅导类)的共1200人左右,学习诗词及传统文化课程(音频讲座类)的累计达100万人次。北京香山国诗馆以诗词创作为主要授课内容,主要采取通过QQ群音频、视频等方式为学员提供远程教学。2016年7月将授课地点改在基于微信的"千聊文化大讲堂"。据统计,2017年报名参加国诗馆诗词写作系列课程的长期学员与临时学员约达800余人。诗人月白也常年通过网络从事诗词培训,其微信公众号"月白诗词馆"常分班展示学员优秀作品。

为了吸引学员报名,加强可操作性,民间诗词培训机构面对不同层次的学习者,往往会推出不同类型的诗词课程,如针对年龄不同,设置成人班与少儿班;针对水平差异,设有基础班与提高班;针对学习内容不同,推出格律、典故、鉴赏、吟诵等课程。

此外,还不时推出公益性的学习课程,免费向公众开放。

如2017年"诗词世界"免费开办了全国首届"诗词创作师资班",从来自全国1000多份报名信息中,录取了100名优秀中小学语文教师作为首期"诗词创作师资班"学员,旨在帮助中小学语文教师提高诗词素养,掌握诗词格律,学会诗词写作,更好地推进中小学诗教工作。以微信为载体的"千聊文化大讲堂"也偶有推出免费的诗词写作公益讲座,让一些诗词爱好者能聆听著名诗人与专家的讲座。为了让传统文化得到更好的传承,部分国学馆也面向社会推出公益性的课程,如河北献县泰昌晓墨轩公益国学馆自2016年7月成立以来一直从事公益性的国学教育,辽宁大连慈育国学馆推出了2017年系列公益冬令营等。这些公益举动让更多民众可以走近国学经典,感受诗词之美,提升传统文化修养。

一些诗词网站还设计推出了一系列可供自学的诗词资源,如搜韵微信公众平台的"诗词从入门到精通","诗词世界"2017年全新上线的"诗词日课"栏目。此外荔枝微课,喜马拉雅app、各种MOOC(慕课)网站平台等,也为学习者提供了丰富多样的诗词自学资源。

5. 在大众媒体助力下,诗教活动火热开展

2017年《中国诗词大会》第二季在央视热播。据报载,首轮(十场)收视人数近12亿人次,微博中相关话题的阅读量超过了1亿次。此后,之前常年遇冷的有关国学、诗词等的文化类节目相继登上荧屏,让诗词文化以新颖的电视"舞台"形式呈现出来,进一步唤起了全社会的诗词热情,对弘扬传统文化及诗词的普及与传播起到很好的促进作用。除河北电视台较早推出的《中华好诗词》在今年播出了第五季外,多个电视台首次上档了一系列文化类节目，如东方卫视的《诗书中华》、浙江卫视的《向上吧诗词》、安徽卫视的《少年国学派》、山东卫视的《国学小名士》等。通过这类节目，拉近了古典诗词与当代普通人生活的距离，诠释了"诗入寻常百姓家"的理念，让传统文化在年轻人群中更具传播力。

以"诗词大会"为代表的诗词节目，也引发了各界对诗词教育的热议。中小学教育体制对诗词教育的影响、诗词记诵应该如何有效进行、"诗词大会"本身暴露的问题（如写作的缺乏），等等，都跟诗词教育息息相关。总的来说，这类节目的热播，对诗词教育的发展是利大于弊的，尤其是在诗词教育的普及层面。在媒体的影响下，各地积极利用"诗词大会"的形式来推进诗词文化的传承与弘扬，参赛选手涵盖社会各行各业及各年龄阶段。通过比赛，以寓教于乐方式，让更多民众在游戏中接触诗词、了解诗词，形成诗词学习的良好氛围。

二、诗词教育的进展

2017年诗词教育工作的进展和变化，体现在以下几个方面。

1. 诗词写作教学

诗词写作教学是当代诗教工作的重点。无论诗词学会、高校、中小学还是民间各界，都非常重视诗词写作的教学。当代诗词写作教育已经积累了不少经验，取得了不少的实绩。

青年诗人不断涌现。随着诗教工作的普及与诗教活动的蓬勃开展，越来越多的青年诗人在诗坛崭露头角，诗词创作队伍呈现出年轻化趋势。这与诗教在校园的积极推进是密不可分的。

除了常规性的校园诗教工作的开展,中华诗词研究院启动"中华诗词写作课程"项目,旨在将诗词教育覆盖到中小学以至大学。本年度对优秀青年尤其是90后诗人的发现、培养、宣传、推介成为诗词媒体呈现的一大特色。如《诗刊·子曰增刊》推出"90后诗词联展"、《中华诗词》举办"青春诗会"、中华诗词学会设立"刘征青年诗人奖"等,都非常关注并鼓励青年诗人的诗词创作,让更多青年诗人登上当代诗坛。这是近年来诗教工作获得成功的最好证明。中华诗词研究院面向社会各界启动《鼓励、支持青年学者、诗人开展学术研究、诗词创作等专项工作方案》,这对青年诗人、学者今后的诗词创作和学术研究意义深远。

优秀作品不断面世。诗词写作教学的直接成果就是作品的诞生。诗词学会、高校、中小学和民间各界诗词写作成绩颇丰,主要通过纸质刊物和网络媒体发布,其中有不少优秀的作品。诗词写作赛事的比拼,也为当代诗人提供了诗词学习与交流的机会,比赛选出的优秀作品,成为诗人们效仿和学习的范本,又进一步推动了诗教事业的发展。目前,诗词界有"三体并峙"之说,即"学会诗词"、"网络诗词"和"校园诗词"平分诗坛,不同"阵营"或"流派"的诗人,已逐渐形成各自的风格和特色,创作出别具特点的优秀诗词作品,引领了一批追随者。

教材编写步入正轨。随着诗教工作的深入发展,人们对诗词写作教材的需求愈趋旺盛,为了适应这一需求,诗词写作教材不断面世。2017年新编或重印的诗词写作教材,有俞陛云《诗境浅说》、吴丈蜀《诗词曲格律讲话》、申忠信《诗词格律三十三讲》、江弱水《诗的八堂课》、陈一琴《诗词技法例释类编》、耿建华《诗词格律简明手册》、周建忠《小学诗词格律读本》《初中诗词格律读本》等，数量甚多。此外，北京师范大学出版社还出版了《中华传统文化》系列教材，将国学与诗词联系起来，几乎每篇课文后都附有一篇诗词作品，在特定的分册，还专门有教授、训练学生创作诗词的内容。市场上亟需权威的诗词写作教程来对当代诗词创作进行指导。诗词写作教程的研讨和编写，是对诗教工作经验的总结和内容的充实，可以促进诗教工作规范化、系统化、科学化，是完善和推进诗教工作的必然之举。

2. 诗词鉴赏教学

诗词鉴赏是理解诗词内涵，感受诗人情感和心境，体悟诗词意境美、艺术美的重要方式，因此也是学习诗词需要掌握的一项重要而基础的技能。

中小学语文教材古诗文篇目大幅增加，对诗词鉴赏能力提出更高要求。新版"部编本"教材大幅增加了古诗文篇目，与原有人教版教材相比，增幅达80%左右。中小学诗词教育除了让学生记诵诗词内容与理解诗词文义外，对诗词鉴赏能力的提高也应是学习目标之一，教材改革也体现了对中小学生诗词鉴赏能力的重视。古诗文篇目的增加，就使得诗词鉴赏任务大幅度提升，这对中小学教师的诗词涵养及教学能力提出了更高要求。

中小学诗词鉴赏颇受重视。当前对教师诗词教学能力的要求及专业诗教人才的需求逐年提高，相关部门针对这一情况开办了一系列诗词鉴赏及创作专题研修班，旨在围绕中小学素质教育的要求和新时期诗歌教育的特点，推进教学改革和诗歌教育教师队伍的建设。2017年5月，中华诗词研究院、北京市海淀区教育科学研究院和敬德书院联合举办了首届"中国诗词赏析与创作"专题研修班，来自海淀区近200所中小学的233名骨干教师参加了专题研修。7月，江苏诗歌教育联盟、诗歌教育研究中心主办了首期"诗歌教学研修班"，除邀请相关专家进行诗歌方面专门的培训和指导，还设置了优秀教师的诗教课堂示范、教学观摩及研讨。在一些省、市的中小学国培、省培计划教师培训中也融入了诗词鉴赏、写作等内容的课程。这些举措，对中小学生诗词教育与诗词事业的发展有重要的推动作用。

诗词鉴赏方式灵活多样。除了中小学语文教学更为重视诗词鉴赏，其他各界对诗词鉴赏也颇为重视。诗词学会、高校诗词教育，往往以写作为主要目标，但鉴赏必不可少。对古代诗词的鉴赏固然重要，对当代诗词、学员作品的点评、鉴赏也是诗教活动的重要环节。在民间书院与网络课程诗词教学中，诗词鉴赏也往往是主要授课内容。虽为网络远程教学，但为了加强教与学的交互性，不少教学公众号都建立了相应的交流群或微社区，方便教师与学员、学员与学员之间的交流互动。借助新媒体，诗词鉴赏也不再局限于传统的点评式或序跋式，虚拟空间的相互交流使得诗词鉴赏变得灵活多样，诗思的碰撞、技法的交流、经验的分享，融汇于此起彼伏的网络"声音"里，新知灼见自然更容易产生。

3. 诗词吟诵教学

吟诵是传统的汉语诗文诵读方式，也是中国人学习诗文经典的方法，自然也是诗词教育的重要手段。吟诵可以帮助人们更好地理解古诗文，感受其音乐美，体会其精神内涵和情趣韵味，激发阅读及学习的兴趣。近年来，诗词吟诵受到越来越多的重视，吟诵教学取得了不少成绩。

吟诵教学培训积极开展。在这方面，首都师范大学中华吟诵教育研究中心走在全国前列，其国学教育师资培训工作，主要包括吟诵培训和传统文化教育理念与方法的培训，迄今已培训的国学教育师资超过12000人，涌现了一批优秀的吟诵教学老师。同时，策划编写"中华吟诵经典""中华优秀传统文化"等系列教材，并组织专家和艺术家进行吟诵的指导和录制，配备电子教学系统。另外，还在50所大中小学成立了学生吟诵社团"乐府社"，开展一系列学习和展演活动。除了首都师范大学，像中华书局经典教育中心举办的"暑期中华吟诵初级班"、金华教育学院的"吟诵师资省培班"、四川省宜宾市翠屏区的"中华经典吟诵高级研修班"，以及民间吟诵教育机构组织的吟诵培训，都成绩斐然，可圈可点。

吟诵教学逐渐走进中小学课堂。目前全国有上万所中小学开展了吟诵教学，吟诵教育已然成为推广诗词教学的有效学习方式。吟诵在传统课堂教学中的加入，丰富了教师课堂教学方法，激发了学生的学习兴趣，也符合当前教育教学改革的趋势；学生通过吟诵等方式来学习，可以更好地体会古诗文的韵律、节奏，感受作品的意境，强化作品的感染力，提高自身的鉴赏分析能力，优化课堂教学效果。目前，以吟诵教学法为基础，为传统文化进校园研发的智能系统，已经完成小学一年级和初中一年级的内容，将由人民教育出版社和中华优秀传统文化教育促进会合作向全国中小学普及推广。这一项目将是吟诵回归语文的重要标志，也是吟诵从小众走向普及的转折点。随着国家统编教材的推进，吟诵可能在不久的将来成为中小学生应具备的一项技能。

民间书院也多从事吟诵教学，通过吟诵诗文，让学员们了解平仄四声等内容。能够熟练地吟诵，等于掌握了诗词格律的基本知识。将吟诵教育与诗词教育相结合，对彼此都有益处，其教学效果十分明显。

吟诵教育相关研究逐步推进。 2017年7月在国家语言文字工作委员会、教育部语言文字应用管理司指导下，由中国语文现代化学会主办、吟诵分会协办、南开大学文学院承办的普通话吟诵研究与传承学术研讨会于天津南开大学举办。此次会议深入讨论普通话吟诵的学理，针对当前普通话吟诵推广实际，分析具体问题，为今后推广普通话吟诵，开展普通话吟诵教学，统一了认识，指明了方向。普通话诗词吟诵对初学者来说，在学习、接受和传播的过程中都能够提供更多的便利，有助于吟诵艺术在全国范围内普及和推广。

三、诗词教育的问题

2017年，诗教工作整体发展态势良好，在许多领域都呈现出新变化，取得了新成绩，但也仍然存在一些值得关注的问题。

1. 诗教发展不平衡，质量参差不齐

当前诗教工作仍然存在发展不平衡、不充分的问题。从全局看，经济发达地区，诗教工作起步较早，已经实施多年，形成了一套比较成熟的机制，也收到了良好的成效，能够利用当地较丰富的资源，在诗教人才的挖掘与培养，诗教师资建设上充分开展工作。而广大农村及边远地区的诗教工作，或者刚刚起步（少数），或者尚未起步（多数）。由于诗教人才的极其匮乏，未来诗教工作的开展也将步履维艰。即便在人才济济的高等学府，开设诗词创作课程的仍是少数。在已开设诗词写作课程的学校中，由于课程属性和任课老师的自身素养及投入程度的不同，也会使得教学水平和教学质量有高有低。民间与网络诗词教育，其资质审查的机制还不完善，课程信息相对驳杂，教师资历与教学水平也是良莠不齐。一些以营利为主要目的，不能保证教学质量的课程，不仅不利于诗教普及，还会让学习者对诗词文化内涵与精髓的理解产生偏差，这是商业化冲击下给传统诗教所带来的困难。

总的来说，发达地区诗教资源相对丰富，欠发达地区诗教资源则相对不足；城市资源相对丰富，广大农村地区则十分匮乏；高校资源相对丰富，中小学则相对不足；"双一流"与文科类院校资源相对丰富，普通本科与理工类院校则相对不足。资源丰富的地方，其诗教质量也相对较高；资源匮乏的地方，其诗教质量就相对不足。这种失衡现象与经济发展不平衡、人才聚集不平衡、资金投入不平衡、历史文化积淀不平衡等因素都有关系。

2. 诗教需求旺盛，但师资紧缺

在媒体以及社会各界的共同倡导下，诗词越来越成为全民关注的对象，诗教的需求也就日益增长。2017年是诗教需求非常旺盛的一年，各类诗词课程、培训班、比赛以及相关活动火热举办，参加人数相当多，越来越多的人希望能够学习诗词。

与之相应的是，诗词教育师资仍然紧缺。尽管诗词学会、高校和社会各界都关注并参与到诗教师资培养的实践中，尽管能教诗词写作、鉴赏或吟诵的老师越来越多，但仍然满足不了日益增长的诗教需求。中小学校是诗教师资严重紧缺的区域。而看起来情况稍好的高等院校，其实真正具备诗教师资的也并不多，其教学质量也是参差不齐。从学生的成长来看，情感丰富、精力充沛、思维发散的校园生涯应当是他们掌握诗词知识的最佳时机。进入社会以后，工作繁忙，生活压力大，"诗情"减退，再要学习诗词，也就比较困难了。因此，传统的启蒙教育都是从幼年时期就开始进行诗词教育，有了这份"童子功"，诗词素养也就伴随终身。当代教育有自身的发展要求，知识面更广，也更实际，但诗词教育一块，遑论精微程度远不如古代，即使是诗词中常见的字词读音、意义都往往不能正确理解，师资水平确实大不如前。这种情况下，要让学生也掌握诗词知识及相关技能，自然力不从心。因此，诗教师资紧缺是当代诗词教育一个亟待解决的问题。

3. 诗教产品众多，但良莠不齐

当代诗教产品数量众多，种类也很多样，有各种课程、教材、刊物等诗教衍生而来的产物。但这些诗教产品在质量上往往良莠不齐。其中诗词写作教材的问题尤其突出。市面上虽不乏《诗词格律》一类知识性著作，但目前还没有公认的、真正称得上权威的诗词写作教学方面的书籍。正因为此，不少诗词写作教材"唯我独尊"，标榜自己是"最好的"，却往往带有商业宣传的色彩，名不副实的情况比比皆是。究其原因，在于诗词写作教材的编写缺乏统一的、全局的、权威的、专业的、系统的指导，因而乱象丛生。在这方面，中华诗词研究院与人民教育出版社策划编写的《中华诗词写作教程》，集合了多位专家学者，结合诗教理论与实际，并从中小学课程标准的制定和中小学课本编写的经验出发，深入进行研究和讨论，其成果是值得期待的。

不少诗教产品还存在这样的问题，即过于偏重某些方面，导致轻重失衡。比如将诗教单纯地理解为写诗的培训，而忽视了诗教本身丰富的历史文化内涵。我国自古以来倡导"温柔敦厚"的诗教观，所谓"诗教"即是通过诵读、创作、鉴赏、评论等方式对民众进行审美教育、情感教育和文化教育。因此，单纯进行写诗的培训，仅限于诗词格律、技巧技法层面的内容，尽管简单有效，但距离诗教的高远目标还存在距离。其实诗教和传统文化的传承发展与个人文化素养的提升都有着莫大关系。诗教应该远离功利性，好的诗词需要学养的积淀、时间的浸染才能写出来。只注重技法而不注重对诗词情感和思想内涵的理解、领悟，其诗词作品最多也只能做到文从字顺，而很难有进一步的发展，这也是当代旧体诗词写作群体在创作能力上初级者众多而高手较少的主要原因。只有努力将诗词教化与诗词创作有机结合，才能培养出更多优秀的诗歌人才，推进诗教全面健康发展。

4. 大众媒体与诗教事业的互动有待继续深入

如今大众媒体的传播范围之广、受众之多、速度之快，是传统媒介所不能比拟的，这是在当今全媒体信息时代我们需要有效利用，以促进中华诗词事业繁荣发展的一柄利器。就电视媒体来说，2017年《中国诗词大会》的成功举办，产生了强烈的社会反响，取得了很好的观众效应，充分说明在新时期中华诗词依然受到广大人民群众的喜爱，具有广泛的社会基础。

随后，各大电视台相继推出文化类节目，当下关注度较高的几档节目，内容上大体不外乎国学知识、诗词歌赋记诵及答题闯关等环节，同类节目在内容形式上突破并不大。这一国学诗词文化热背后需要社会与媒体冷静的思考，重复、单一节目的扎堆播出，最终很可能让观众失去对文化类节目的兴趣。中华文化深厚悠久，传统诗词文化类节目既需要在题材内容上推陈出新，同时也要重视诗词意蕴的探索与挖掘，这样才能将诗词博大精深的文化内涵与文化底蕴展示给观众。如增加现当代作家的优秀诗词，这些诗词更容易与当代人的思想情感契合，产生共鸣共振；同时还可以适当增加诗词创作环节及鉴赏内容，有利于重温古典诗词中的哲思与深情，分享诗人所蕴含的襟抱与情怀，引导更多人由爱诗、懂诗最后到能够创作诗词。归根结底，这些节目最终着眼点、立足点应是借助诗词这一文化形式，对民众进行审美教育、情感教育与文化教育，是对人格的塑造、心灵的陶冶，从而实现诗词文化真正意义上的传承。

传统诗词智能化项目也一直在探索中，并已取得了一定成果。"作诗机"、百度"为你写诗"、携程"小诗机"等智能写诗软件相继出现，受到许多诗词爱好者的青睐，单个软件体验用户已逾百万，风靡一时。2017年全球华语大学生短诗大赛在新体诗和旧体诗评选的基础上，新增"人工智能体验赛"，参赛者可通过AI（人工智能）写出自己最满意的作品，参评"最美人工智能诗篇"。智能作诗软件的出现，让更多人关注传统诗词，并参与到诗词创作中来，也通过这类软件掌握了一定的诗词格律与写作技巧。数字化时代，有益于诗词的传播和普及，但同时也是对传统诗词创作方式的一种挑战乃至颠覆。在作诗软件上，用户只需键入主题等关键性信息，便可一键成诗。操作简单，成诗快速，会让部分初学者认为作诗是一件易事，难以体会古人"吟安一个字，捻断数茎须"的心境，创作中总想走"捷径"，不能沉潜心境，循序渐进地学习诗词。创作是讲究文思、灵感的，对人工智能的过于依赖，不利于学诗者诗性审美和创作思维的培养。目前软件创作诗词的水平，最多只能达到合乎格律、文从字顺、偶有佳句，但对整首诗意境的营造，情感的融合仍是力所未及的。可见要想真正学会诗词写作，并且创作出优秀的作品，还是需要从传统诗教形式出发，通过诵读、领悟、模仿等方式逐步提升创作技能和水平。因此，在新时期如何利用大众媒体的传播功能为当代诗教服务，指导大众正确、深入地理解和学习诗词，值得深思。

四、诗词教育的建议

2017年，诗教工作取得了多方面的进展，但由于历史原因、现有基础等因素的制约，仍然存在某些不足。今后诗词教育的发展，有赖于诗词界、教育界、文化界的共同努力，围绕鼓励当代诗词"经典化"、加强当代诗教"专门化"、促进当代诗教"立体化"、推动当代诗教"全球化"等方面逐步解决实际问题，促进诗教事业的新繁荣。

1. 鼓励当代诗词"经典化"：好古知今，择优汰劣

现阶段，诗词教育大多以古代诗歌为素材，这也成为现代人诗歌写作学习中的"模板"。古代优秀作品往往是历经千百年大浪淘沙后存留的"精品",语言、韵律、形式、意境,都值得我们反复吟咏、学习和玩味。但世代变迁,沧海桑田,现代生活与古代差别甚大,现代人学写诗,如果只学习古代的诗词作品,用古人的语言、情感来书写现代生活,势必会显得不合时宜,甚至被贴上"泥古"的标签。当代作家的优秀诗词更容易与当代人的思想情感契合,产生共鸣。因此,学习贴近当代生活的诗词作品对于学诗者来说十分重要。当代诗词每年公开发表的作品甚多,在纷繁的作品中,则需要为学诗者挖掘优秀的可供学习与借鉴的精品。因此加快当代作品经典化进程,为学习者提供精品学习素材,树立诗词学习典范,成为诗教工作的当务之急。

要解决这一问题,首先应当鼓励当代诗词批评与鉴赏,充分挖掘当代诗词中优秀的诗人诗作。其次,在发掘过程中要秉持公正公平的态度,坚守诗词的文学属性和艺术标准。但最重要的,还是要提高当代旧体诗词艺术水平,创作坚持高品位、高质量的诗歌作品,在提升精神高度、文化内涵和艺术品格上多下功夫。这样才有可能创作出经典作品,并促进当代精品诗词作为学诗案例,进入教育体系。

2. 加强当代诗教"专门化":教学改革与师资培养

当前,我国专业诗教人才还存在大量缺口,特别是在基础教育领域。随着"部编本"义务教育语文教材的启用,古诗文比例大大提升,对中小学语文教师的教学能力提出了更高要求。在中小学老师中,自身能够创作古诗词的甚少,对诗词形式不能熟稔于心,对所教诗词的意境也难以透彻了解,这也是影响现今中小学诗词教育教学的主要因素。高校教师诗词人才短缺仍较严重，师资水平和品质也同样值得担忧。如果教师诗才平庸，观念僵化，即便是面对一个有诗趣、诗情的学生，指导出来的作品也可能是中规中矩，但缺乏诗性的。加强教师队伍建设，提升诗词教育基本功，使之能够满足现阶段教学需求，已成为解决当前这一诗教难题的重要方式。就具体措施而言，可以开展专题培训、讲座，加强教师们诗词相关知识的学习，提升诗词鉴赏能力，学习诗词格律和诗词写作的基础知识。2017年以来各地政府、诗词学会已经开始落实这项工作，举办了一系列针对中小学老师及管理人员的诗词研习班。目前，已经有一部分老师不仅掌握了诗词相关的基础知识，同时对传统文化教学的模式和方法也有所理解，涌现了一批比较优秀的中小学语文教师。

对诗教人才的培养，应当从源头抓起，填补诗教人才缺口。从智力特点、心理特点与社会阅历来看，大学生开始系统学习诗词创作应当是比较适合的。目前只有少数高校专门开设了诗词写作与鉴赏课程，甚至在中文专业也不能实现普及，这是当代诗教人才短缺的主要原因。对此，让诗词写作与鉴赏课程进入教学大纲，使其在高校诗教中逐步实现普及，是解决当下诗教人才匮乏的有效手段。

3. 促进当代诗教"立体化"：丰富内涵，拓展外延

诗教工作要健康开展，不能孤立进行，既需要丰富内涵，又需要拓展外延，以实现各领域、各层面的良性互动，形成"立体化"的模式。这里"内涵"所指的是与诗词本身有关的各个方面，包括诗词教育、诗词创作、诗词理论，等等。诗词教育为诗词创作培养人才，不同教育方式、教育理念往往培养出不同风格、水平的创作者。诗词创作的繁荣与否，与诗词教育开展与普及程度息息相关。诗词理论是对诗词创作规律的探索与研究，同时又通过指导诗词教育来影响诗词创作。三者之间相辅相成，互相影响，彼此之间应加强联系，不能各自为政。同时，诗词教育还应与其他艺术形式形成立体化合作模式，树立"诗词＋"的思维，加强诗词艺术与绘画、音乐、楹联、吟诵等艺术形式结合，让诗教形式灵活多样，丰富多彩。

拓展"外延"，则要促进地方政府、诗词学会、高校、中小学校以及民间诗教机构间联系与合作，挖掘和整合诗教学术文化资源，实现诗教资源的互补与均衡，使诗教开展形式多样，内涵丰富。近年来这种合作模式已初见成效，如中华诗词学院的筹建是诗词学会与国家重点大学或诗词研究院合作，目的是借助高校现有的教学资源，共同打造中华诗教活动品牌；贵州大学邀请中华诗教学会（筹）的专家学者，举办诗教工作专家咨询会，深入指导本校诗教工作，这是高校与诗教组织的进一步合作。加强联系与合作是当今诗教培养模式向前发展的体现，不仅使资源得到合理利用，诗词教育者还能够了解其他机构的最新进展，吸收其他机构的优秀成果，促进诗教的共同进步。就具体形式而言，可有多种，如各地政府、诗词学会、高校与中小学可以保持长期合作关系，定期聘请诗人、学者为普通市民、中小学教师开坛授业，提升其诗词素养。2017年上海市民文化节以"文化引领市民素养"为主题，邀请十位上海诗词方面的专家、学者组成"讲诗团"，为市民大众传授中华经典诗词之美，普及中华优秀传统文化知识。又如诗词学会、高校等官方诗教机构与民间诗教机构也应加强交流，民间诗教机构可以为更多诗词爱好者提供诗词学习的渠道，官方诗教机构则可以对其诗教开展提供政策性、专业性指导，优势互补。同时，诗教事业的发展还需要各诗教机构联合起来，共同探讨和研究诗词教育发展的新路径和新模式，营造良好诗教环境，积极促进诗教工作长足发展，最终能让更多人受益。

4. 推动当代诗教"全球化"："引进来"和"走出去"

自古以来，中华诗词文化就影响及日本、朝鲜和越南等周边国度。时至今日，诗词创作者已遍布世界各地，当代诗教并不局限于中国之内，而具有"全球化"趋势。这与当下我国倡导"中国文化走出去"的文化战略甚为契合。结合两者的要求，我们应当加强自身文化辐射力，努力将诗词等传统优秀文化的影响拓展出去，促进对外交流与合作。首先，要在国内的诗词教学和推广上多下功夫，提升自身对传统诗词学习、创作、鉴赏和研究的能力，为诗词文化真正走出国门奠定坚实的基础。其次，要加强优秀诗词人才培养，鼓励诗词精品创作，这样才可能具备对外交流的价值和机会。第三，努力打造诗词教育精品项目，使之成为我国诗词文化对外传播的重要突破口。2017年10月，《婷婷诗教》成为中国唯一入选"全球创新教育100强"的项目，代表着中国传统文化教育登上了世界的舞台。未来两年，《婷婷诗教》将代表中国创新教育，前往全球各国17个城市，传播中国传统诗词文化，在全球推广儿童诗教。此外，优秀诗词文化节目的推出，也为诗词文化对外传播提供了优质资源。如今网络平台、移动社交媒体的迅猛发展，让国内优秀节目的对外传播变得十分便捷，并能够让更多人通过图像、声音等直观的方式来了解中国传统文化，了解中华诗词。同时，也应加强与世界各地诗词团体的联系与合作，交流诗教工作经验，引介当代海外优秀诗词作品，形成良好互动，促进共同发展。2017年11月18日，全球汉诗总会2017年年会暨第十三届国际诗词研讨会在韩山师范学院举办，来自全国各地及美国、法国、新加坡、马来西亚等国家和地区约350名诗人学者汇聚一堂，共同研讨中华传统诗词创作与学术研究，也为国内外诗教工作提供一个交流与合作的契机。目前全球汉诗总会会员约有一万人，主要是华人诗词爱好者，此后还将组织国内高校教授、诗界名流等成立诗词讲师团，赴海内外讲学传艺。这对促进当代诗教"引进来""走出去"甚有意义。

2017年，诗教工作稳中求变，许多方面取得新的进展。尽管在部分层面还存在一些值得关注、尚待解决的问题，但随着新时代文化复兴号角吹响，诗教事业必将不断向前推进，诗教工作中存在的问题定会逐步得到解决，为中华诗词事业的全面繁荣营造良好的氛围，为中国特色社会主义文化大发展、大繁荣奠定坚实的基础。

第五章　诗词文化活动

2017年，全国各地的诗词文化活动在健康有序地开展，主题更接地气，热情更加高涨，内容更加丰富，形式更加活泼。从中央到地方、从城市到乡村、从大中小学校园到机关社区企业，诗词文化的普及和推广得到了前所未有的促进和加强。各地诗词活动的开展都能紧紧围绕中央有关方针政策，认真领会中央重要文件精神，服务大局，反映时代。为弘扬中华优秀传统文化，激发社会正能量，做出了积极贡献。

一、发展概况

2017年，诗词界以习近平总书记在文艺工作座谈会上的重要讲话为指导，在中宣部、中国作协、国务院参事室等有关部门领导下，积极贯彻中共中央两个文件精神，在围绕中心服务大局上做好诗词文章，进一步强化诗词在弘扬中华优秀传统文化上的作用和意义。全国各地的诗词活动较之以往开展得更加蓬勃、红火。

1. 诗词活动空前活跃

2017年3月中华诗词研究院联合华鼎国学研究基金会、中央人民广播电台技术制作中心、首都互联网协会以及众多媒体共同举办了"清明遇见诗歌"诗词文化活动。同月，中华诗词学会和安徽省诗词学会以及宣城市政府联合举办了"敬亭山三月三诗咏文化节"，在国内产生了较好的影响。4月15日，由文化部恭王府管理中心和天津南开大学共同主办的第七届"海棠雅集"在天津举行。5月30日，中华诗词学会成立30周年，时任中央政治局常委刘云山、时任中宣部部长刘奇葆分别做了重要批示并致祝贺。时任国务院副总理马凯写来了贺信贺诗。中华诗词研究院和中华诗词学会以及各地诗词学会的系列活动，作为年度诗词重头戏率先拉开了大幕，并作为一份党的十九大贺礼出现，显得格外隆重和热烈。这是全国各诗词组织以实际行动表达对党的十九大的敬意。马凯同志对首都师范大学中华吟诵教育研究中心工作表示支持并做了批示。10月27日重庆奉节县举行了盛大的诗歌节。中央政治局委员、重庆市委书记陈敏尔专门做出重要批示。充分体现了党和国家领导人对传统文化的关心和支持，也鼓舞和振奋了整个诗坛。

中央电视台《中国诗词大会》第二季成功播出；中国出版集团与中央电视台、光明日报、人民网、中华书局、中华诗词研究院、中华诗词学会、中国移动共同举办的"诗词中国"第三届传统诗词创作大赛圆满落幕，并在人民网演播厅举行了隆重的颁奖典礼。在全国范围内再一次掀起了传统诗词的回归热潮，让更多的人加入到爱诗读诗、学诗写诗的氛围中来。

中华诗词研究院联合国家图书馆艺术中心，举办了庆祝党的十九大胜利召开暨"今又重阳"诗词晚会。中华诗词学会借成立30周年之机举办了首届"沈鹏杯"全国诗书画大展。解放军红叶诗社举行了纪念建军90周年陈毅元帅诗词学习吟诵会，与军事科学院老年大学共同举办纪念建军90周年暨红叶诗社成立30周年吟诵演唱会。这些特定节日、纪念日诗词活动的开展，既丰富了传统节日的内容，又拓展了诗词的活动空间。

各省市诗词活动的广泛开展,助推了传统文化复兴的步伐。如浙江省诗词与楹联学会围绕"美丽的'红蜡烛'——追记乐清90后乡村女教师陈莹丽"举行特殊诗会,以诗的方式抒发崇德向善的真诚情怀。河北省诗词学会和北京诗词学会、天津市诗词学会联合举行京津冀诗词联谊采风创作活动,共商京津冀诗词事业发展的大计。全国各地诗词学会紧紧围绕党的十九大精神,举行了多种形式的内涵丰富且主题鲜明的庆祝活动,体现了党对社团组织的坚强领导和群众团体对中国共产党的真诚拥戴。

2. 围绕社会热点,创作、研讨、培训全面开展

2017年的诗词创作和理论研讨都能弘扬时代精神,紧扣时代主题,凸显时代特点,反映时代热点,真正做到立足当下,放眼未来。如4月21日,中华诗词研究院在北京五洲大酒店召开了"丝绸之路诗词"专题项目成果验收会,"丝绸之路诗词"手机版上线运行。8月10日,中华诗词研究院党支部联合河北书画诗词艺术研究院党支部赴河北省开展为期两天的爱国主义教育实践活动。黑龙江省诗词学会围绕党的十九大创作诗词作品并与大美黑龙江网合作,定时刊发"诗人咏家乡"诗词专题。浙江省诗联学会开展了"五水共治""美丽家园""两山理论"等一系列主题采风创作活动。青海省诗词学会坚持把"高原美景入诗词"作为丰富创作活动的有效途径。福建省诗词学会到古田县开展"喜迎党的十九大、送文化下乡"诗词创作活动。陕西省诗词学会组织丝绸之路采风活动。这些作品唱响了主旋律,为推进社会主义核心价值观建设做出了不懈努力。

2017年3月1日下午,中华诗词研究院与中央电视台、中华诗词学会在北京中央文史研究馆联合举办了《中国诗词大会》座谈会。3月20日,由中华诗词研究院主办的"'二十世纪诗词史料整理与研究'阶段性成果征集意见会"在北京格兰云天大酒店召开。10月11日至13日,中华诗词学会全国第31届研讨会在河北磁县举行。会议就诗词如何继承、创新和实施精品战略,促进创作繁荣展开了热烈的讨论。10月27日至29日,中华诗词研究院和复旦大学中文系联合主办的第二届中华诗词古今演变研究学术研讨会,在上海市瀚海明玉大酒店顺利召开。11月17日,中华诗词研究院主办的"古典传统的延续:二十世纪诗词与新诗——第四届'雅韵山河'当代中华诗词学术研讨会"在北京五洲大酒店召开。12月8日至10日,中华诗词研究院和中南大学联合主办的第三届当代诗词创作批评与理论研究青年论坛,在湖南省长沙顺利举行。《中华诗词》杂志每年一度的中华诗词金秋笔会在北京举行。《诗刊》子曰诗社也在河北怀来等地举办了多期子曰社员培训。湖北省诗词学会在襄阳市举行"孟浩然田园诗词论坛暨颁奖大会",共收到论文68篇。内蒙古诗词学会成功举办了第三届(五原)诗词论坛,收到论文40多篇。上海诗词学会"诗词讲堂——我的创作谈和诗词观"系列讲座连续举行,获得广泛好评。这些活动的持续举行,激发了诗词爱好者的创作热情,促进了诗词水平的提高,推动了诗词理论的研究和挖掘。

3. 诗词出版日益活跃,发表阵地更加多元

2017年诗词出版相当活跃,各地诗词学会和个人积极组织出版当代诗词学术刊物,积极推广诗词理论,助力当代诗词创作。2017年初，由中共中央宣传部《党建》杂志社和中华诗词学会合作编纂的诗词集《"诗词飞扬"作品精选》出版发行。2017年8月中华诗词研究院编撰出版了《中华诗词发展报告（2016）》，报告客观全面地反映了2016年中华诗词发展的基本概况，获得了业内专家学者的好评。另外，《当代诗词名家作品精选》和《清明遇见诗歌：古今清明诗词选》两书的出版也标志着传统诗词文化在当代进行创造性转型与创新性发展的有益尝试。中华诗词学会编辑出版了《中华诗词学会三十年·大事记》《中华诗词学会三十年·论文选》《中华诗词学会三十年·诗词选》《沈鹏诗书画全国大奖赛获奖作品集》。湖北省荆门聂绀弩诗词研究基金会组编《赓歌齐唱水龙吟》一书于2017年5月由华中师范大学出版社出版。《诗刊》子曰诗社编辑《诗刊》创刊六十周年特辑、《诗刊·新时代》特刊和《建军九十周年》专辑。浙江省诗词学会编辑出版了《西湖新咏》《浙江当代女子诗词选》。北京诗词学会编辑出版《燕京诗韵》《茶轩诗话》《茶轩吟稿》系列丛书。天津市诗词学会参与编辑出版了《中华对联通论》《悟迟诗稿》《似水流年》等个人诗集十余部。云南省诗词学会选编的《云南历代女子诗词选》一书公开出版。另外每个诗词学会、诗社都有自己的会刊、社刊用来发表会员和诗友作品，大多数学会每年还整理一本会员诗词作品集，用以鼓励诗词创作，激发诗词热情。

　　中华诗词研究院官方网站和微信公众号技术不断更新，内容不断丰富，影响不断扩大。中华诗词学会也利用学会网站，打通中华诗词学会与各省（市）级诗词学会之间网络渠道，建立容量更大的诗词平台和更快捷的诗词传播通道。这样，中华诗词学会本级的诗词传播，就形成《中华诗词》杂志、《中华诗词学会通讯》、中华诗词学会网站、中华诗词学会微信平台、《中华诗词》杂志微信平台的整体链条，更好地为广大诗人词家和诗词爱好者服务，以促进全国的诗词工作健康深入发展。《诗刊》子曰诗社，《诗词中国》杂志社，陕西、山东、山西、江苏、吉林、甘肃等地诗词学会充分发挥现代通信的迅捷功能，创建了各自的官方网站和微信公众号，发表了大量的诗词作品和理论文章。信息化工具的广泛使用，为广大诗人词家提供了更为快捷方便的发表渠道和交流平台，有力地推动了诗词事业的传播和普及。香港诗词学会重新制定了论坛管理制度，规范了论坛管理行为，聘请专家学者主持相关版块，建立了一个良好的网络评论团队。

二、活动特点

2017 年的诗词文化活动在平稳健康发展的基础上，传统气息更加浓郁，活动形式更加多元，信息化程度更高，可持续性程度更强。无论是纵向联系还是横向沟通，都出现了前所未有的良好势头。政府部门和群众团体，诗词学会和企事业单位强强联合，互相促进，充分发挥各自优势，让诗词功能最大化，使传统文化真正服务于当今社会。

1. 紧跟时代步伐，活动主题更鲜明

全国诗词界坚持新时代党的文艺工作方针，牢牢把握诗词创作、研究的政治方向。中华诗词研究院，中华诗词学会，中版文化传播有限公司（诗词中国），《诗刊》社，解放军红叶诗社和湖北省荆门聂绀弩诗词研究基金会，新疆、吉林、江苏、甘肃、湖北、湖南、山东、四川、云南等各地诗词学会都在第一时间组织机关工作人员认真学习党的十九大报告，并结合各地实际情况组织诗词学会会员创作相关诗词作品和以党的十九大为主题的诗词大赛。如甘肃省诗词学会开展"弘扬传统文化、不忘初心、牢记使命"的理论研讨会，并以此为主题积极创作诗词；新疆诗词学会在新疆师范大学举办了"喜庆十九大胜利召开"诗词吟诵大会；山东省诗词学会和《老干部之家》杂志社、山东省政协《联合日报》社联合举办了"迎十九大·党旗飞扬"诗词大赛；河南省诗词学会和省委老干部局举办了以"迎党的十九大胜利召开"为主题的原创诗词大赛，等等，为弘扬党的十九大精神做出了积极贡献。内蒙古诗词学会圆满完成了诗咏自治区成立七十周年、建军九十周年暨内蒙古革命老区光辉历史征文活动。北京诗词学会与八宝山革命公墓，共同开展了为安放在八宝山革命公墓的53位开国将帅诗词征集活动。福建省诗词学会开展纪念报界先驱林白水烈士活动。安徽省诗词学会参与召开了"大别山杯"决胜脱贫诗词大会。山东省诗词学会举办全国诗词名家"咏滨州颂油田"诗词采风活动。

2. 新亮点新举措，活动形式更多样

2017年的诗词活动除了延续以往的一些传统艺术形式以外，又融入了一些新举措、新方法，使诗词文化活动的内容更丰富，形式更活泼。1月8日，2017（首届）中国诗词春节联欢晚会在承德成功举办，在国内第一次以春节联欢晚会的形式展示"诗词"主题，为传统诗词的传播和普及开拓一条新路。2月25日，《中国诗词大会》明星选手见面会在北京举行。邀请两季《中国诗词大会》明星选手到场与观众互动。活动在"诗词中国"微信公众号发起报名赠书活动，直播平台在线观看人数达到 3 万人。同月，诗词中国与韬奋基金会达成协议，成立诗词中国公益发展专项基金，作为推动中国诗词等传统文化活动的专项经费。3 月 1 日，中华诗词研究院和中华诗词学会联合中央电视台在北京召开《中国诗词大会》座谈会，强调要借中央领导重视和社会关注度提升的东风，推动中华诗词事业的发展。5 月 25 日下午，中华诗词研究院会同东方木兰荟艺术团，在河北省丰宁县王营乡胡里沟村，为村民们奉上了一台精彩的诗词文艺节目。7 月中国出版集团公司与江苏省淮安市政府签署战略合作协议，双方就共同传播中华传统诗词，共同实施中华优秀传统文化新媒体工程、中华优秀传统文化国民素养提高工程等事宜达成协议。8 月、11 月，诗词中国第三家、第四家创作基地分别落户深圳、哈尔滨呼兰区。《诗刊》子曰诗社 12 月参加了铁道部举办的 2018 年"春运送万福"新春对联公益活动。浙江省诗词与楹联学会积极参与乡村文化礼堂诗联文化建设。趁迎春、送春、迎耕、丰收之际，使诗词曲赋联进社区、进农村、进特色小镇。青海省诗词学会组织和号召会员"欣赏油菜花，观看环湖赛，诗咏旅游节"，为推介青海、宣传青海、提高青海的影响力和知名度做出了积极贡献。甘肃省诗词学会在西北师范大学举行"最美甘肃诗词朗诵季"活动。云南省诗词学会参与举办了以纪念屈原，弘扬传统诗词文化为主题的"云南省第三届中华诗歌文化节"活动。传统文化与当代社会的逐步融合，使中华诗词从幕后渐渐走到前台，并逐步向中华主流文化靠拢。

2017年的诗词文化活动由以中老年诗人为主体逐步向青年诗人群体转化,诗人年龄逐步降低,形势越来越好。《中华诗词》杂志社坚持了十多年的青春诗会在河南许昌举行。《诗刊》子曰诗社举办"90后诗词联展",展出了20位90后诗词新人的作品。陕西省诗词学会创建了"陕西省青春诗社""陕西省少儿诗社"等特色诗社。内蒙古诗词学会2017年成立了"青年部"。新疆诗词学会举办了"圆梦丝路·秀美焉耆"2017年新疆青年诗人笔会。四川省诗词协会在彭州市举办了第三届青春诗会。浙江经济职业技术学院每年定期开展"西湖梦寻"诗词人文之旅、"中华赞"学生诗词创作大赛,协办了"花朝·尚知行杯"首届青少年诗词大会。在青年诗人不断涌现的新形势下,中华女诗人也不甘落后,山西省诗词学会成立了"杏花诗社",陕西省诗词学会成立了"三秦女子诗社"。浙江省诗联学会编辑出版了《浙江当代女子诗词选》,云南省诗词学会编辑出版了《云南历代女子诗词选》。

3. 政府重视,活动由小众走向大众

从2016年开始,教育部语言文字应用管理司就把"中华新韵的研究和制定"这一课题交给了中华诗词学会。课题已结题,正在进一步论证和实验中。这说明中华诗词事业已经引起了国家教育部门的重视。2017年是全国诗词热持续升温的一年。中央电视台《中国诗词大会》不仅收获了空前的收视率,还引发了新媒体的持续刷屏。这股诗词热走出了荧屏和网络世界,在社会上持续升温。很多学校、培训机构闻风而动,纷纷开设诗词培训班、诗词吟唱班。书店古诗词读本的销售速度也明显加快。《中华诗词》《诗刊·子曰增刊》《中华辞赋》《东坡赤壁诗词》《长白山诗词》等诗词刊物的订数都在逐年上升。很多没有建立诗词学会的市县都在筹备成立事宜,诗词学会成员人数不断增加。中华诗词学会"诗词之乡"建设更加深入。传统诗词已从个人案头的低吟浅唱日渐成为社会的黄钟大吕。

随着传统诗词的正面影响进一步扩大,它的导向性意义更加明显,以诗育人、以诗化人的作用逐步得到体现。比如《诗刊》子曰诗社参加"诗颂诚信·关爱老人"京畿采风活动。黑龙江省诗词协会继续开展"衣旧情深,让爱暖冬"捐衣活动,还特别捐献了黑龙江诗友群23位爱心诗友集资1.8万元采购的米、面、油、家庭用药等生活物资。黑龙江省诗词协会与哈尔滨监狱合作共建传统文化教育基地。云南省诗词学会参与组织举办"云南省第三届中华诗歌文化节",又与《春城晚报》联合创办"诗化云南"专栏。澳门中华诗词学会在澳门遭遇"天鸽"特大风灾时,募集了十万支瓶装水捐赠给灾民,并组织义工队前往灾区参加抢险救灾。首都师范大学中华吟诵教育研究中心吟诵工作申报全国教育科学"十三五"规划课题。浙江省诗词学会协助景区文化布置,参与新建景区文化规划。传统诗词在社会各阶层的不断渗透,使得诗词地位也在不断提升,诗词这种精美的文化食粮也正在渐渐走进千家万户,走进坊间里巷。

4. 活动推向海外,影响日益扩大

由于种种原因,国内诗词界和海外诗词社团的直接交流和互动一直未能得到有效开展。海外诗词社团来华参会交流活动也屈指可数。2017年10月,中版传媒(诗词中国)与碧桂园集团有一次"诗意合作"。第三届"诗词中国"大赛年终创作一等奖的部分选手,在组委会和"碧桂园森林城市"项目的支

持下，赴马来西亚和新加坡进行为期 4 天的创作采风之旅，共产生 50 余首优秀诗词作品。虽然活动时间不长，但让中国诗人走向海外的举动，给诗词界带来了一股清新的气息。12 月 8 日，第三届"诗词中国"获吉尼斯世界纪录"最大规模的诗词竞赛"称号。第三届"诗词中国"传统诗词创作大赛共收到当代人原创作品 22.33 万余首。颁奖典礼上，来自吉尼斯世界纪录的认证官现场宣布第三届"诗词中国"挑战吉尼斯世界纪录"最大规模的诗词竞赛"称号成功，并颁发了挑战证书。同年 11 月，由全球汉诗总会主办，韩山师范学院文学院承办，岭南诗社协办的全球汉诗总会 2017 年年会暨第十三届国际诗词研讨会在广东潮州举行。本次研讨会使海内外诗人之间的学术交流和传统友谊得到了加强，也为中外诗人词家提供了一个展示自我的窗口。澳门中华诗词学会积极向海外推广中华诗词，参与协助澳门青年联合会组织举办"一带一路澳门青年新机遇"讲座。河南省诗词学会和开封市委宣传部联合举办了"诗兴开封"第四届国际诗歌大赛，在海外诗坛也产生了一定影响。另外《中华诗词》杂志"海外嘤鸣"栏目和《诗词中国》"海外诗鸿"栏目的开办，也为世界各地的诗词作者提供了一个发表交流的窗口，意义深远。

三、存在的问题

传统诗词弱势依然存在，全面繁荣任重道远。虽然诗词文化的建设和发展都有了长足的进步，但它离中华诗国的称号仍然相去甚远。当下的主流文化还是影视、戏曲、小说、散文、新诗、书画等艺术门类，传统诗词依然没有进入主流文化的阵营，宣传、文化、教育等部门单位还没有把诗词文化作为一项日常工作来抓。诗词文化活动大多局限于诗词学会等民间社团，各级地方政府部门参与程度不高，宣传力度不大，重视程度不够。虽然教育部语言文字应用管理司委托中华诗词学会制定《中华通韵》，但诗词要真正进入大中小学的教学大纲还遥不可期。中国诗歌史的编写许多年来坚持把当代诗词拒之门外。

除去外部因素，当代诗词本身也存在着一些制约，阻碍着诗词事业的发展。如诗词界有高原没高峰现象依然存在，作品繁多但精品不多；诗家众多但名家不多；研讨会众多但新观点不多。还有大量网络作诗软件（作诗机器）的使用，使诗词作品的创造性和时代性大量缺失，从而导致了当代诗人应有情感的缺失。这些因素，直接妨碍了社会对当代诗词的评价和认知。国内诗坛与海外诗词界的交流虽然有了新的起色，但没有形成风气，不足以影响整个诗词界的发展趋势。

尽管2017年的诗词发展态势仍有许多不足和缺憾，传统诗词活动仍然处于圈内热的普遍现象，但总的来看，这种经典艺术正在由圈内向圈外辐射，圈子在慢慢变化，范围在慢慢扩大。一个明亮光辉的诗词新时代就在前方，我们只需迈着坚定的步伐、肩负着全面繁荣的使命向前进发。

附录一　2017年诗词类大奖赛举例

一、年度中华好诗词

主办单位：《中华诗词》杂志社

获奖作品

劳动者之歌
孙中英

惯从街道扫嚣尘，挥帚持箕躬此身。汗湿长年黄马甲，风撩浅笑粉纱巾。添香洒醒花无数，保洁留看月一轮。便识夜残余垢在，清查还累戴霞人。

（《中华诗词》2017年第6期"时代风云"栏目）

游岳麓书院
王霏

沙洲碧水映云白，十月潇湘揽胜来。红领千山尊岳麓，物华三楚数英才。每思文脉于斯盛，常叹风流自此开。一路高秋凭指点，新诗吟到赫曦台。

（《中华诗词》2017年第12期"雅韵新声"栏目）

咏枫
彭荔卡

已知秋到苦留丹，烟雨重重蔽远山。一叶飘零因季老，万枝摇曳报风寒。霜欺不示三分弱，雪落犹凝几片妍。更待来年红胜火，连天气势可燎原。

(《中华诗词》2017 年第 7 期"雅韵新声"栏目)

春日闲吟
魏秀琴

烟堤翠柳漫柔纱，望处新萌野草花。试问风中双燕子，欲捎春信到谁家？

(《中华诗词》2017 年第 7 期"田园新曲"栏目)

贺国产大飞机 C919 首飞成功
杨学军

昂然一啸入云天，几代功臣望凯旋。应是雄风真给力，佳音直向五洲传。

(《中华诗词》2017 年第 6 期"时代风云"栏目)

鹧鸪天·与同学月夜泛舟
裴印英

携手登舟扎一堆，感情今夜又回归。摘星她翘兰花指，斟酒吾擎荷叶杯。

风细小，露轻微，月儿滑过紧相随。船泊苇荡蛙停鼓，惊起双鸥扑翅飞。

（《中华诗词》2017年第11期"雅韵新声"栏目）

腊八
李桂芳

五谷杂粮细细熬，清香阵阵满屋飘。桌前尝尽千般味，独爱娘亲粥一瓢。

（《中华诗词》2017年第4期"雅韵新声"栏目）

虞美人·与二老视频聊天
马星慧

假牙忘戴临屏早，更显爹娘老。三番问我好些么？佯笑答时泪水已婆娑。

薄田小店相依伴，子女天涯远。春花谢了盼秋花，直盼雪花舞处便回家。

（《中华诗词》2017年第9期"七彩人生"栏目）

二、谭克平青年诗词奖

主办单位：《中华诗词》杂志社

获奖人：蒋本正、陈少聪、耿红伟

提名奖：唐云龙、韦勇、刘洋、张佳亮、李昊宸、王文钊、张孝玉

（作品略）

三、刘征青年诗人奖（2017年首届）

主办单位：《中华诗词》杂志社
获奖人：刘如姬（特别奖）、朱思丞、倪昌盛、吴宗绩、李恒生、韦天罡
（作品略）

四、陈子昂年度诗词奖、陈子昂年度青年诗词奖

主办单位：《诗刊》杂志社
年度诗词奖：熊东遨《删尽繁华剩简明——熊东遨〈忆雪堂自选稿〉》
年度青年诗词奖：张青云《弘毅山房诗词选抄》
　　　　　　　　张月宇《张月宇诗词选》
（作品略）

五、聂绀弩诗词奖

主办单位：中华诗词学会、湖北省诗词学会、湖北省荆门聂绀弩诗词研究基金会等九家单位
成就奖1人：叶嘉莹（天津）
创作奖2人：星汉（新疆）、曾人口（台湾）
评论奖2人：钟振振（江苏）、梁东（北京）
新秀奖1人：周清印（北京）
（作品略）

六、中华大学生研究生诗词大赛

主办单位：中华诗教协会

大学生诗组

冠军

匙可佳（中山大学中法核工程与技术学院 2016 级）

读六朝史书

欲奏南风已可怜，西陵台沼郁松烟。始知玉树凄凉曲，非复东山宛转弦。方就垂杨惊舞雉，旋随落照坠飞鸢。春波又滟秦淮水，何处君王赋采莲。

注：①南风：《左传·襄公十八年》："吾骤歌北风，又歌南风。南风不竞，多死声。"②西陵：庾信《拟咏怀》："徒劳铜雀妓，遥望西陵松。"③玉树：指《玉树后庭花》。④东山弦：指谢安隐居东山时所闻丝竹。⑤惊舞雉：南齐君主喜好射雉。杨亿《南朝》："细雨春场射雉归。"⑥坠飞鸢：侯景围台城时，简文帝自城中放出纸鸢传递消息，被侯景军射落。庾信《哀江南赋》："书逐鸢飞。"⑦采莲：南朝君主雅好文辞。萧纲、萧绎并有《采莲赋》存世。

亚军

陈展鹏（韩山师范学院文学与新闻传播学院汉语言文学专业2014级）

咏梅花

岭外来寻最早梅，横斜月影浣青苔。一枝标格真宜画，几点芳心略费猜。弱水神寒花作雪，阆风香暗玉为胎。独行曾见怀冰骨，阒阒乾坤自在开。

刘林（中山大学管理学院2015级）

咏江梅

已惯荒山野水滨，依然绡帐挹香频。清兮庾岭枝头雪，醉矣罗浮梦里春。将密还疏长浥雨，尚寒欲暖细生尘。曲魂我自开犹落，羞向东君寄此身。

注：①罗浮梦：传说隋开皇中，赵师雄于罗浮山遇一女郎。与之语，则芳香袭人，语言清丽，遂相饮竟醉，及觉，乃在大梅树下。因以为咏梅典实。②曲魂：此处引古曲《梅花三弄》意，据称此曲系由晋桓伊所作的笛曲改编而成，内容写傲雪斗霜的梅花。

季军

陈由哉（中山大学南方学院商学院2013级）

咏钟山

发地崚嶒插九天，苍龙潜亢自千年。云生万壑愁山鬼，日入重林响石泉。月夜风霜金阙黯，春秋雨露翠微妍。松楸多少六朝事，游客只称青可怜。

罗涵（复旦大学中文系2016级）

读六朝史书

掩卷犹知江水寒，儒冠一梦作霞冠。浮沉舟楫辞南浦，偃仰庭芝遍曲栏。独抚长淮时慕谢，漫吟枯树更悲桓。萤台翻覆量怀抱，墟上桐花迹已残。

赵王玮（浙江农林大学汉语言文学专业2015级）

读《三国志·吴书·吴主传》

天下争衡业未终，决机方衬紫髯雄。曾驱赤马生风火，妄托黄龙设禁戎。老去聪明成独擅，时来胜负倚群公。大江日夜兼王气，却笑豚儿畏阿童。

注：①争衡：《三国志·孙策传》："呼权佩以印绶，谓曰：'举江东之众，决机于两陈之间，与天下争衡，卿不如我。'"②赤马：崔豹《古今注》卷下《杂注》："孙权名舸为赤马，言其飞驰如马之走陆也。"③黄龙：《吴主传》："黄龙元年春，公卿百司皆劝权正尊号。夏四月，夏口、武昌并言黄龙、凤凰见。丙申，南郊即皇帝位。"

大学生词组

冠军

梁采珩（香港中文大学英文系2014级）

满庭芳·咏晦思园梅花

余居沙田闹市廿年，近读旧书，始知万佛寺前身晦思园，为月溪法师所寓，植有白梅。其时沙田尚为农村，文人联袂郊游，造访精蓝，亦一时风雅。后法师老逝，花遂凋零。窗外人车喧扰，万佛寺金碧辉煌，思之惘然。

沧海尘生，群峰玉出，栩然梦到罗浮。潺潺溪水，微冷正芳幽。记得前身明月，暗相认、法侣诗俦。冰心守、未愁瘴雾，素色自风流。

繁华都换了，瓣香随鹤，灯市惊鸥。绕金碧，不如怨笛温柔。争奈怕歌还舞，东风急、疏影难留。人堪寄、问花何在，斜日照高楼。

亚军
黄锟炼（惠州学院文学与传媒学院汉语言文学专业2014级）

满庭芳·咏梅花

友人语予其乡多梅花，幼年尝结伴，当花开时，虽冬寒凛冽，必往摘取以为香囊，洵一乐事也！予闻之，乃为作此。

露蕊攒金，长条缀玉，寒催千树幽芳。儿童当日，呵手踏初阳。同向林间摇落，亲拾取、淡淡清香。归来把，帘钩攀系，彩绣绛丝囊。

细思欢乐事，又将魂梦，频绕江乡。最难忘，夜深雪满冰床。竹马青梅影里，都过了、年少时光。栏杆外，月明千里，相忆探花郎。

杨昊臻（复旦大学公共卫生学院预防医学专业2013级）

满庭芳·梧桐

何必怜君，可能逢我，尘寰故起秋声。君生易老，遗我老荒城。七十年来手植，是万古、第一飘零。到今日、西风也倦，灵凤已无名。

　　分明。应似汝，槁枝终死，白发难青。愿栽时有种，不碍诗成。此夜题残霜叶，若余岁、尚许深盟。哀弦上、烦君为我，弹尽指间冰。

季军
冯文铄（深圳大学资讯工程学院电子资讯工程系 2014 级）

桂枝香·读六朝史书有感

　　回灯惊鼠。看满纸兴亡，怅然思古。百代荒烟蔓草，蚁丘无数。胡尘卷地繁华碎，朔风催、衣冠南渡。黍离城郭，腥膻河洛，浮沉谁主。

　　舞清宵、愁怀且住。正击楫中流，誓言平虏。行在虽安，顾念众生凄苦。金妆罗绮终埋没，看钟山巍然如故。长安不远，无为日下，可怜英树。

任松林（南京大学外国语学院德语系 2014 级）

桂枝香·咏南京梧桐

南京梧桐有谓蒋公为宋美龄植也，不详，仍用其意。

　　北窗凝绿。又树影摇风，碎玉庭筑。半卷帘帷正倚，美人流目。山川万里遮谁见，只寻常、碧云葱郁。待听秋雨，凋残黄叶，凤凰来宿。

　　到而今、游丝竞逐。遍玄武秦淮，漂萍何速。不是离人，酒别霸陵情触。便同柳絮风吹去，是他年神州沉陆。夕阳几度，纷纷堕泪，乱飞如瀑。

覃惠雯（广西科技大学医学院护理系 2014 级）

桂枝香·咏梅（依王安石"登临送目"体）

一枝清绝。似卧月仙娥，素衣如雪。望里回风弄影，玉花盈睫。嫩寒春晓归来处，对西湖、水天空阔。冷香瑶席，孤云鹤梦，向谁重说？

尚记否、罗浮笑靥。更解语情深，翠禽声切。叵耐窗前，已是故人长别。相思欲寄离魂黯，独凭阑倚竹凝噎。恁时摇落，悄然飞下，万千蝴蝶。

注：①卧月：宋王沂孙《疏影·咏梅影》："琼妃卧月。任素裳瘦损，罗带重结。"②西湖：宋林逋隐居西湖孤山，终生不仕不娶，惟喜植梅养鹤，自谓"以梅为妻，以鹤为子"，人称"梅妻鹤子"。③瑶席：宋姜夔《暗香》："但怪得竹外疏花，香冷入瑶席。"④罗浮：唐柳宗元《龙城录》："隋开皇中，赵师雄迁罗浮。一日，天寒日暮，在醉醒间，因憩仆车于松林间酒肆傍舍，见一女子，淡妆素服，出迓师雄。时已昏黑，残雪对月色微明。师雄喜之，与之语，但觉芳香袭人，语言极清丽。因与之叩酒家门，得数杯，相与饮。少顷，有一绿衣童来，笑歌戏舞，亦自可观。顷醉寝，师雄亦懵然，但觉风寒相袭。久之，时东方已白。师雄起视，乃在大梅花树下，上有翠羽啾嘈相顾，月落参横。但惆怅而尔。"⑤窗前：唐卢仝《有所思》："相思一夜梅花发，忽到窗前疑是君。"

研究生诗组

冠军

李盛尧（南京大学文学院 2015 级硕士研究生）

读《晋书》

花映台城簇绮罗，棘深洛苑没铜驼。胡尘难拂空挥麈，王气无凭屡曳戈。藩屏化龙终失水，衣冠如鲫但随波。彤弓玈矢重颁日，依旧名臣劝进多。

亚军
郭薇（南京大学文学院古典文学文献学2016级博士研究生）

咏梅

折得江南春一枝，未妨瓶水着霜姿。孰知雪地冰天后，翻是暗香疏影时。四壁气清幽梦净，满帘月冷碧痕滋。赏心不待花如海，先被东风催赋诗。

唐颢宇（南京师范大学文学院古代文学专业2017级博士研究生）

咏梧桐树

仙掌擎空待露零。亭亭翠盖护檐楹。扶疏影落砌前冷，激荡音回爨下清。一叶飘风动秋气，五更听雨叩金声。峄阳高处朝阳里，有凤来仪相和鸣。

季军
刘梓楠（中山大学中文系中国古代文学专业2016级博士研究生）

咏梧桐树

幂历龙门百尺条。孰教深院度年韶。孤生受气曾何异，半死成材亦自饶。病叶坠秋思旧凤，寒柯着雨噎残蜩。但将清韵酬知遇，宁惜微躯爨底焦。

注：《王逸子》："木有扶桑、梧桐、松柏，皆受气淳矣，异于群类者。"此反用其意。

刘驰（南京大学文学院中国古典文学文献学 2016 级博士研究生）

金陵怀古

飞来一片大江横，擘破群山万阙城。南渡风云从五马，东来海气恣千鲸。可怜世事移辰斗，欲挽天河净甲兵。动地涛声多少泪，苍生犹有恨难平。

乐进进（南京大学文学院 2015 级硕士研究生）

金陵怀古

一从天马化龙来，京洛豪华复几回。霞蔚江南声赋丽，兵遮日下冕旒哀。村墟寥落耕宫瓦，潮水迟留冷劫灰。泪堕当时风景异，青山今似北邙堆。

研究生词组

冠军

沈戈晖（北京大学信息科学技术学院智能科学系 2015 级硕士研究生）

桂枝香·读桓温传

登楼指点。是奇骨间生，揽辔心胆。半世旌麾电扫，犬羊波撼。汉陵洒扫荆榛里，看中原、父老多感。渡江人物，谁言恢复，清谈难敛。

最怕说、年华冉冉。对柳色婆娑，壮怀销黯。气夺天时，棋罢顿成悲憾。曹公越石俱赍志，到如今、生气何减。此编三复，夜深欲鸣，匣中龙剑。

注：①登楼：《晋书·桓温传》："与诸僚属登平乘楼，眺瞩中原，慨然曰：'遂使神州陆沈，百年丘墟，王夷甫诸人不得不任其责！'"②奇骨：《晋书·桓温传》："生未期而太原温峤见之，曰：'此儿有奇骨，可试使啼。'"③汉陵洒扫：《晋书·桓温传》："温屯故太极殿前，徙入金墉城，谒先帝诸陵，陵被侵毁者皆缮复之，兼置陵令。"

亚军

彭敏哲（中山大学中文系 2014 级博士研究生）

满庭芳·咏雪中落梅

冷雪摧枝，愁云蔽树，骤催红泪纷纷。翩然作舞，不与世沉沦。最是孤标痴绝，摇落处、犹带清芬。更留取，冰心铁骨，绝胜百花魂。

情根悲早断。一朝阅尽，三世离分。纵身死，魂归素女眉痕。寂寞谁怜枯影，剩鹤子、独忆黄昏。伤情处，江南风早，吹瘦倚梅人。

季军

时鹏飞（南京大学文学院 2015 级硕士研究生）

桂枝香·咏金陵

问天如醉。岂天厌承平，鬼贪糜沸。故使投鞭击楫，杀人为市。楼船战鼓尘埃绝，剩茫茫、锦帆秋水。触蛮蜗角，翻云覆雨，几回人世。

算王气、由来附会。误多少英雄，白头从事。盖世功名，一枕冷风槐蚁。残生泪落桓伊笛，出东山、第一非计。不如鸡犬，康庄曳尾，太平游戏。

杨文钰（南昌大学中国古典文献学 2016 级硕士研究生）

满庭芳·咏梧桐树

玉叶筛风，高枝仵月，恍然暗起商声。几番幽独，瑟瑟到中庭。瘦尽圆阴翠盖，秋渐老，露井寒清。漫重记，繁花素色，闲倚总关情。

此心曾半死，焚身火烈，抚梦弦轻。算而今，峥嵘一曲谁听。点滴空阶疏雨，个中事、酒冷灯青。曾何待，朝阳于彼，千仞羽凰鸣。

罗恺文（华东师范大学古籍研究所 2015 级硕士研究生）

桂枝香·咏梧桐树

疏星天末。正蛩唱青灯，峭寒时节。一叶风前忽坠，警秋相说。旋随病蝶争摇落，渺江城、翠枯黄裂。魄飞何处，依稀未抵，人间长诀。

听点滴、黄昏又接。念凤去云空，商飙轻咽。海气江潮，暗和寂廊双屧。春回亦觉韶光晚，纵成阴、声声犹切。相思他夜，广寒谁共，月痕明灭。

七、"足荣杯"年度好诗词

主办单位:中镇诗社、广东省雷州市龙门镇足荣村昌公书局

获奖作品

冉长春(四川达州)

老　兵

解甲已多年,山中二亩田。新闻南海事,五指又成拳。

刘斌(陕西西安)

交　州

微茫烟景属沙鸥,漠漠腥风海上秋。莫倚南云望铜柱,汉家早已失交州。

蒋本正(新疆伊犁)

春节边城值班有感

西出阳关西更西,守边卫国在伊犁。胸中十万风雷策,只向天山雪岭题。

廖觅竹（广东佛山）

雷祖祠

携来书剑仰威灵，雷祖祠堂草树青。石上苔衣存马迹，雨中幡盖卷龙腥。风云万里双开阙，人物千秋一勒铭。故国幽怀钟鼎在，神鸦社鼓海滨溟。

星汉（新疆乌鲁木齐）

放鹤亭中作

当时一笑傲君王，道士清闲太守狂。世上由人分楚汉，亭中待我拜苏张。文章能伴江河老，襟袖犹藏岁月长。白鹤不归惆怅久，西山缺处正斜阳。

（《当代诗词》编辑部推荐）

陈梦渠（浙江温州）

青玉案·车行雨中，晚渐密，颇带萧瑟浅愁

霓虹一片重楼底。共领略、江湖味。行过街桥车有几。站台人少，电杆风细。去也家千里。手机拨了相思字。无语闲听彩铃起。空忆去年今日事。天涯遥隔，颇黎静对。小雨孤城里。

（"诗词国学"微信公众号推荐）

葛勇（广东广州）

沉江行

（五言古风，作品略）

八、朱庸斋词学奖（2017年首届）

主办单位：中共江门市蓬江区委宣传部、蓬江区文学艺术界联合会、深圳大学人文学院、《词学》杂志社、浙江古籍出版社、新星出版社、长春出版社

承办单位：蓬江诗社、深圳大学国诗社

状元：罗恺文（上海）

夜飞鹊·夜游维多利亚港用朱彊邨韵（入围作品）

长街黯斜照，凉意轻回。看月且自停杯。风生极浦，帆光外，危栏客梦初开。疏钟荡青岱，渐星沉海气，灯舞层台。狂蛟一脱，跋银涛，飞下蓬莱。

谁挽绛河流夜，空唤旧盟鸥，可认天涯。听取歌弦声咽，秋魂尽付，风叶低徊。明朝鼓棹，看中原，冥冥如灰。想沧波鹤杳，群山雾合，大野云来。

眉妩·咏杜阮凉瓜（第一轮）

待霞飞新碧，露点宫黄，泉沁魄初转。不觉炎飙迅，秋光早，疏篱三五惊看。刃游腕缓。更酌浆，凉荡杯盏。照襟袖，饱饭云精白，水晶翠痕浅。

甘苦人间休叹。念乍浮金井，寒袂应惯。已是谙清味，沧桑小，如何心影都倦。故园岁晚。共桂华，余涩重荐。正桐暗风徊，孤雁一声梦远。

八六子·流星（第二轮）

向湖亭，曳成花雨，依稀似泯还生。正一斛鲛珠暗泣，几襟梅雪初销，弩痕蓦惊。痴怀长叹娉婷。望拜竹宫矓影，偷传素愿幽情。又怎念、曾沉皓苍终古，坠成光焰，碎填山海，方知铸错寒灰未死，经年残骨辉晴。梦都凝，犹听步虚万声。

注："经年"句：尝睹陨石一颗，光泽莹然。

霜花腴·本意用海绡九日独游西郭废园韵（第三轮）

露零翠袖，趁岁华，依前镜揽严妆。风沁苔根，蝶贻金缕，东篱瓣展微阳。夜吹素商。似昔时、帘卷窗凉。入甘眠，簟枕星灯，古香和梦蘸银塘。

终省断鸿无据，又牵情草草，未及离舻。红剪秋心，黄分寒怨，曾言玉魄能强。月飞画梁。约隔生，先住云乡。想沧江，鬓影谁簪，故山应负霜。

鹧鸪天·读遗山词拟其体，用朱庸斋先生"自起推衾坐到明"韵（第四轮）

杯盏长空烛尚明，天留此老阅尘情。笔惊梁苑初飞雪，身逐沧江久泛萍。

将幻劫，叩鸿冥。枯桑未落已扬旌。剑头曾映中州梦，更付重关怒浪倾。

霓裳中序第一·题《慈元庙碑》用白石丙午登祝融韵并效其体（第五轮）

鸥波正目极。欲检兴亡都未得。茅影墨龙疾力。念潮咽坠星，尘扬铃索。摩苔抚隙。话怒涛曾蹈孤客。王纲絭，几番铸错，阙雾动愁色。

岑寂。片云荒壁。更忍唤鲛魂罢织。山灵空护旧迹。柱待风雷，草淡烟陌。诵余长太息。祇赤血渐松自碧。今谁峙，横流终古，夕照海之侧。

榜眼：子岫（广东）

一萼红·云翼兄游武大遥寄樱花图
赋此酬之（入围作品）

托吟笺。认瑶台玉蕊，迢递到云天。远地嘘残，画中吚秀，嫣眼相看娟娟。惜花信，此番过了，浑未许，芳意护翩跹。满地琼英，一枝寒雨，半寄湘烟。

漫讯水涯消息，但虫鱼争噫，空向南园。雾里拈花，风前试酒，定有逋客痴顽。不应恨，山间零落，直须幸，衔梦有青鸾。他日抱琴幽径，为谱华年。

眉妩·咏杜阮凉瓜（第一轮）

恰山塘风起，野岭花招，三径骤开眼。漫向琅玕立，溪桥畔，玲珑时样谁剪。碧裙一片，归嫩荑①，芳意深卷。惯留得，暑夜高情忏，蹙眉久如篆。

应怕冰心红遍。看脍鳞似玦②，催酒浇怨。自叹王孙老，清凉境，无如桑海都变。掌灯梦浅，抱苦寒，遥待飞燕。试抔土明年，依约故园又见。

注：①归，kuí。②厨人切瓜，瓜片能薄且齐，有如鳞片。

八六子·流星（第二轮）

指危亭，簇花流火，星痕乍灭还生。是蜃气初来海上，角芒斜贯苍旻，梦回暗惊。

何多携手娉婷。别久半笺鲛泪，相期一霎幽情。但孰记，尘沙百年如幻，赤魂沉水，沸心埋涧，徒知劫后余灰化碧，葭前寒骨空晴。漫消凝，边城坐听浪声。

霜花腴·本意用海绡九日独游西郭废园韵（第三轮）

晚烟断续，对竹亭，欹岩自理容妆。千萼舒红，一枝擎碧，分温叶底微阳。漫吟素商。待露零，描屧初凉。占生涯，冒月和云，夙心孤澹照回塘。

何必蝶蜂青眼，便西风换世，冷泛金觞。长挹余芬，深凝秋魄，笺天泪墨仍强。莫簪髻梁。似雁鱼，能到江乡。忆何年，倦笛呼愁，坠英犹带霜。

鹧鸪天·读遗山词拟其体，用朱庸斋先生"自起推衾坐到明"韵（第四轮）

半壁湖山看未明，西乡片月总关情。支秋病叶空遗梦[①]，堕雾心花久似萍。

斟意绪，坐昏冥。尚余灯影动帘旌。中宵意气曾如海，拟向元龙酒一倾[②]。

注：①遗山《点绛唇》有"痛负花期，半春犹在长安道"；《南乡子》有"老去逢春只自伤"。②遗山《声声慢》有"一尊酒，唤元龙、来听浩歌"。

霓裳中序第一·题《慈元庙碑》用白石韵并效其体（第五轮）

鹃声恨未极。岭外麟书谁认得。哀赋且凭气力①。想愁勒野烟，寒生帆索。苔封石隙。对百年沉海飞客。空帘底，夕阳影碎，玉宇失颜色。

岑寂。劫余苍壁。怕唤起鲛人泪织。崚嶒休说旧迹。乱雨冲尘，断角窥陌②。冷涛犹叹息。荡万古蛮天一碧。回眸处，溪山都换，悄立锦花侧。

注：①《慈元庙碑》载"弘治己未夏，予病小愈，尚未堪笔砚"，此时白沙年逾七旬，翌年下世。②慈元庙建筑曾遭日军所毁，此后于20世纪50年代和70年代各有重修，此碑历劫。

探花：陈飘石（广东）

蝶恋花（入围作品）

满目繁华春几许。瘦马青衫，不入长安路。蝼蚁王侯皆若土。苍茫谁客谁为主？

且向竹林寻醉侣。对月当歌，莫被浮云误。但枕清溪扶梦去。明朝酒醒看鸥鹭。

眉妩·咏杜阮凉瓜（第一轮）

对圭峰云暖，杜阮风柔，蓬水孕膏土。白祖遗仙气，凝琼玉，清凉疑入瑶圃。惹教蝶舞、最爱他，香淡微度。竹篱外、万架青难了，目穷故山路。

还记儿时厨趣。任炭烧冰镇，蒸炒炆煮。海角归何晚，重相见、依然情味如许。百年去住，算未妨、尝遍甘苦。待来学渊明，锄得一畦细雨。

八六子·流星（第二轮）

蹑孤亭，醉扶南斗，星空恰值秋晴。乍一划分开碧落，半弧飞入红尘。夜阑顿惊。

应怜天上娉婷，欲语却还无语，多情转似忘情。便纵是，千留万留难住，倩谁传信，为伊弹泪，何辞即此身焚化烬，从今形灭销声。海云凝，羲轮趁潮又生。

霜花腴·本意用海绡九日独游西郭废园韵（第三轮）

倦飞蝶翅，曳冷枝，东篱料理秋妆。栏角香寒，酒边愁重，更添漠漠斜阳。乍闻羽商。付晚蛩，低诉苍凉。任西风、老尽芙蓉，只留残梦绕银塘。

遥记木兰双楫，载繁笙脆管，玉液霞觞。欢会难期，韶光虚掷，茫茫世事谁强？燕辞杏梁。渡海涯，争不思乡！怅如今、两地黄华，欲簪惊鬓霜。

鹧鸪天·读遗山词拟其体，用朱庸斋先生"自起推衾坐到明"韵（第四轮）

蟾魄偏从别后明，世间圆缺总关情。前身怕认风中絮，此夜愁随水上萍。

横碧海，溯苍冥，寻他百度乱心旌。秋灯一点红如豆，不是鲛人泪亦倾。

霓裳中序第一·题《慈元庙碑》
用白石丙午登祝融韵并效其体（第五轮）

崖山揽八极。海思云愁消未得。千古漫夸地力。记戈甲折沉，龙鸾离索。低回劫隙。酹月明、多病词客。兴亡事，笔花怒卷，字字带寒色。

岑寂。断碑残壁。正岸柳、丝丝恨织。春风来吊旧迹。故国重城，玉殿香陌。杜鹃啼不息。哭十万贞魂化碧。苍茫处，忠祠乔木，作阵护江侧。

注：①思，名词作去声。②多病词客指白沙陈献章，《慈元庙碑》为白沙病中所书。

九、"湘天华杯"全国青少年传统诗词大赛（2017年首届）

主办单位：湖南天华油茶科技股份有限公司

金奖

李佳奇（男，2001年7月生，辽宁辽阳市第一高级中学高一20班）

清明春行植柳

天气清明好，单车骑太轻。薄衫风染绿，苗树手提青。抟土春泥软，滋根河水清。来年冰化日，来看柳阴成。

银奖

李千里（男，2002年9月生，广东广州市执信中学初二2班）

卜算子

绿雨渐萧疏，打伞过南陌。暖暖春风吹白云，摇曳秋千索。念起旧时光，故事都零落。幸有池边那树花，为我飘红萼。

尚浩吉（男，2004年11月生，浙江乐清市育英寄宿学校小学部六年级2班）

和同学植树

趁着春光好，同将小树栽。要他牵我手，一起长成材。

铜奖

李嘉欣（女，2000年2月生，内蒙古包头市第九中学高二6班）

清平乐·浪迹天涯的猫

银鱼一尾，漫拍疏星碎。风送微寒如涉水，暂息春檐自睡。梦经旧苑池塘，前尘痕迹苔墙。路转浅灯深巷，绕过软语温窗。

李帅辰（男，2004年7月生，河北沧县杜林乡第二中学六年级184班）

春野

杨柳青青桃李香，田间小麦渐成行。无名花草织成毯，可是春姑陪嫁妆？

汪明慧（女，1998 年 9 月生，安徽望江县文凯学校高二 5 班）

静夜

寒烟萦绕夜迟迟，木叶随风下老枝。寂寂校园谁不寐，相邀秋月共寻诗。

★2017 年全国性诗词类大奖赛数以百计，本书限于篇幅，仅随机选取十来个奖项，列举获奖作品或个人，以见当代诗词创作之一斑。

附录二 2017年诗词创作情况统计列表

表1 搜韵网2016年各年龄段用户

年龄段	总用户占比（%）
18—24	23.26
25—34	21.68
35—44	15.93
45—54	13.96
55—64	13.02
65+	12.15

表2 搜韵网2017年各年龄段用户

年龄段	总用户占比（%）
18—24	22.39
25—34	23.47
35—44	16.10
45—54	13.31
55—64	13.32
65+	12.41

表3 搜韵网2017年国家/地区用户量前10位

排名	国家/地区	总用户占比（%）
1	中国大陆（内地）	86.78
2	中国台湾地区	5.31
3	中国香港地区	1.94
4	美国	1.57
5	日本	1.13

（续表）

排名	国家/地区	总用户占比（%）
6	加拿大	0.48
7	韩国	0.40
8	新加坡	0.31
9	澳大利亚	0.29
10	马来西亚	0.25

表4 搜韵网城市用户量前14位

排名	城市	城区人口（万人）	全国人口占比（%）	总用户占比（%）
1	北京	1878	1.35	12.06
2	广州	1247	0.90	5.99
3	上海	2115	1.52	5.30
4	天津	875	0.63	3.74
5	深圳	1138	0.82	3.68
6	杭州	524	0.38	2.44
7	成都	527	0.38	2.24
8	香港	740	0.53	1.94
9	武汉	675	0.49	1.74
10	西安	424	0.31	1.59
11	南京	618	0.44	1.51
12	福州	242	0.17	1.49
13	长沙	340	0.24	1.42
14	郑州	517	0.37	1.37
合计		11860	8.53	46.51

注：根据国家统计局2018年2月28日发布的《中华人民共和国2017年国民经济和社会发展统计公报》显示，2017年全国人口为139008万。

表5 2017年中国各省级区域的搜韵网用户

排名	省市区	人口（万）	人口占比(%)	用户占比(%)	用户密度
1	北京	2171	1.52	13.48	8.88
2	广东	11169	7.81	11.45	1.47
3	浙江	5657	3.96	6.21	1.57
4	台湾	2400	1.68	5.47	3.26
5	江苏	8029	5.61	5.39	0.96
6	福建	3911	2.73	4.90	1.79
7	山东	10006	7.00	4.87	0.70
8	上海	2418	1.69	4.18	2.47
9	天津	1557	1.09	4.12	3.78
10	河北	7520	5.26	3.49	0.66
11	河南	9559	6.68	3.40	0.51
12	四川	8302	5.80	3.04	0.52
13	湖北	5902	4.13	2.98	0.72
14	湖南	6860	4.80	2.83	0.59
15	辽宁	4869	3.40	2.63	0.77
16	安徽	6255	4.37	2.28	0.52
17	陕西	3835	2.68	2.18	0.81
18	山西	3702	2.59	2.05	0.79
19	香港	740	0.52	2.00	3.87
20	吉林	2733	1.91	1.67	0.87
21	黑龙江	3799	2.66	1.66	0.62
22	江西	4592	3.21	1.66	0.52
23	广西	4885	3.42	1.35	0.40
24	重庆	3075	2.15	1.31	0.61
25	甘肃	2610	1.82	1.15	0.63
26	云南	4771	3.34	1.09	0.33
27	内蒙古	2520	1.76	1.08	0.61
28	贵州	3580	2.50	0.75	0.30
29	海南	926	0.65	0.35	0.54
30	新疆	2998	2.10	0.34	0.16

（续表）

排名	省市区	人口（万）	人口占比（%）	用户占比（%）	用户密度
31	宁夏	682	0.48	0.22	0.46
32	青海	598	0.42	0.20	0.48
33	澳门	65	0.05	0.15	3.30
34	西藏	331	0.23	0.04	0.17
合计		143027	100	100	1

注：该表人口总数为各省市区人口统计数据相加之和，存在一定误差。人口占比＝各省市区人口数/合计人口数，用户密度＝用户占比/各省市区人口占比。

表6 样本刊物中各体裁作品的数量

类别	刊物＼体裁	检测量（首）	古体诗	律绝	词	曲
纸刊	《中华诗词》	4500	10	3200	1200	90
	《九州诗词》	2700	6	1950	750	30
	《上海诗词》	410	0	350	70	0
	《岷峨诗稿》	480	16	360	90	16
	《湖北诗词》	3800	20	2700	850	210
	纸刊合计	11890	52	8560	2960	346
网刊	《云帆诗友》	6460	150	4600	1660	50
	《乐府之妃》	2170	400	1080	690	0
	《菊斋诗笺》	270	55	112	103	0
	《光影掬尘》	810	80	550	180	0
	《远山星际》	540	18	328	193	0
	网刊合计	10250	703	6670	2826	50
校园内刊	北京大学《北社》	670	74	406	193	0
	南京大学《南音》	360	34	259	71	0
	武汉大学《春英》	460	65	179	221	0
	华南师范大学《于汜》	170	19	151	0	0
	校刊合计	1660	192	995	485	0

表7　各样本刊物的诗词中古典化关键词的出现频次

类别	词语 刊物	检测量（首）	负气	蕉鹿	禹甸	京洛	获麟	盟鸥	焦桐	蝶梦
纸刊	《中华诗词》	4500	0	0	8	0	0	1	0	5
	《九州诗词》	2700	1	1	2	0	0	0	0	8
	《上海诗词》	410	0	0	1	2	0	0	0	0
	《岷峨诗稿》	480	0	0	0	0	0	0	1	1
纸刊合计		8090	1	1	11	2	0	1	1	14
网刊	《云帆诗友》	6460	0	0	8	2	0	6	1	18
	《乐府之妃》	2170	1	3	2	3	1	5	2	5
	《菊斋诗笺》	270	0	0	0	0	0	0	0	1
	《光影掬尘》	810	2	0	1	1	0	0	0	2
	《远山星际》	540	0	0	0	0	0	0	0	1
网刊合计		10250	3	3	11	6	1	11	3	27
校园内刊	北京大学《北社》	670	1	1	1	1	0	2	0	3
	南京大学《南音》	360	1	0	0	0	0	0	0	2
	武汉大学《春英》	460	0	0	0	0	0	0	0	0
	华南师范大学《于汕》	170	0	0	0	0	2	0	1	3
校刊合计		1660	2	1	1	1	2	2	1	8

注：只检索诗词正文，排除了诗题、小序、注释等其他文字，下表同。

表8 各样本刊物的诗词中通俗化关键词的出现频次

类别	刊物 \ 词语	检测量（首）	追求	国家	唱歌	旅游	上网	人民	欢乐
纸刊	《中华诗词》	4500	3	9	3	6	4	10	4
	《九州诗词》	2700	2	3	1	0	1	7	3
	《上海诗词》	410	0	0	0	0	0	0	0
	《岷峨诗稿》	480	1	0	0	0	0	0	0
纸刊合计		8090	6	12	4	6	5	17	7
网刊	《云帆诗友》	6460	9	5	2	3	1	12	7
	《乐府之妃》	2170	0	0	0	0	0	0	0
	《菊斋诗笺》	270	0	1	0	0	0	0	0
	《光影掬尘》	810	0	0	0	0	0	0	0
	《远山星际》	540	0	0	0	0	0	0	0
网刊合计		10250	9	6	2	3	1	12	7
校园内刊	北京大学《北社》	670	0	0	0	0	0	0	1
	南京大学《南音》	360	0	1	0	0	0	0	0
	武汉大学《春英》	460	0	0	0	0	0	0	0
	华南师范大学《于沚》	170	0	0	0	0	0	0	1
校刊合计		1660	0	1	0	0	0	0	2

表9 古典化和通俗化两类关键词出现频次累加

类别	词语累加 刊物	字体版式	检测量（首）	古典词语累加	通俗词语累加
纸刊	《中华诗词》	简体横排	4500	14	61
	《九州诗词》	简体横排	2700	12	24
	《上海诗词》	简体横排	410	3	0
	《岷峨诗稿》	简体竖排	480	1	1
	纸刊合计		8090	30	86
网刊	《云帆诗友会》	简体为主横排	6460	35	52
	《乐府之妃》	繁体为主横排	2170	22	3
	《菊斋诗笺》	简体为主横排	270	1	2
	《光影掬尘》	繁简参半横排	810	6	2
	《远山星际》	简体为主横排	540	1	1
	网刊合计		10250	65	60
校园内刊	北京大学《北社》	繁体横排	670	9	2
	南京大学《南音》	繁体竖排	360	3	1
	武汉大学《春英》	简体横排	460	0	0
	华南师范大学《于汕》	繁体竖排	170	6	1
	校刊合计		1660	18	4

（本附录数据由搜韵网及各刊物编辑部提供，曾少立、睚谦整理）

附录三 2017 年诗词理论研究观点选摘

1. 刘炜评：《旧体诗的现代性问题》（《光明日报》2017年11月6日第13版"文学遗产"）

现代性是在与古代性的比照中呈现自身质性的，其要义在于物质和精神的持续融旧出新，即对于时代生活动态，尤其精神文化动态的热诚反映与介入。这样的现代性，并非今世才有而是自古有之。近百年来的旧体诗创作，整体上的现代性养成还不够充分。当今社会生活的现代性，主要以劳动方式专业化、产品交换市场化、生活环境城市化、信息沟通全球化为基本特征。如果当代旧体诗与此疏隔或相关甚少，它就难以赢得广大的读者，难以具有与白话自由体诗平起平坐的"诗席"。几个基本的事实不应回避或遮蔽：能够为时代"写心摄魂"的现代性旧体诗力作，仍是凤毛麟角；当现实生活发生重要、重大事情时，旧体诗的在场感、介入度往往不如新诗及时和有力；在表现当代人类心理情感的细微性、复杂性方面，一首情辞俱佳的白话诗乃至流行歌词，可能较旧体诗更为"直指人心"；现当代旧体诗坛迄今仍未能产生它的"李杜苏辛"。

2. 林宗正：《前言》（载林宗正、张伯伟主编《从传统到现代的中国诗学》，上海古籍出版社 2017 年版）

晚清民国的诗人与历朝历代的前辈诗人在诗歌中记录他们的时代是一脉相承的，但在视角、话语、意象、文艺结构、内容的使用上，有所不同而且推陈出新。晚清诗人不仅在作品中继续书写当时的政治乱象、社会动乱，揭发时弊，而且更进一步借那些未曾被关注的层面、未曾深入探讨的题材、未曾使用的角度，来观察那个时代、书写那个时代，并借由对时代的新书写来与前代诗人的时代书写相互对话，以此延续中国诗学有关时代书写的传统。

3. 彭敏哲：《梣园诗群及其诗歌活动考论》（《暨南学报［哲学社会科学版］》2017 年第 12 期）

梣园诗群是 1911 年至 1966 年间由关赓麟发起，以寒山诗社、青溪诗社、梣园诗社、咫社、梣园吟集、梣园后社为主要活动平台的诗人群体，包罗王闿运、陈衍、朱祖谋等诗词名宿，社员前后达数百余人。其发展经历了以广交天下士的寒山—梣园社时期、南北交融的青溪社时期、延续遗老诗人传统的咫社时期，后期梣园后社开始向时代主旋律靠近。20 世纪 50 年代初期分衍出以张伯驹为首的庚寅词社，又接续寇梦碧主持的梦碧词社。共同的遗民情怀、兼容并收的诗词理念成为缔结诗群的纽带。梣园诗群以极大的包容性实现了旧体诗词的百年代际传承，它的建立、转变与废止折射出旧体诗词在 20 世纪的发展脉络。

4. 陈卫：《旧新间的彷徨：论鲁迅的诗》（《长沙理工大学学报［社会科学版］》2017 年第 1 期）

鲁迅的诗歌作品相对他的杂文、小说，数量并不多，影响也有限。然而他的诗歌创作，又是不可完全忽视的一部分，表现出中国近现代诗歌在过渡时期的明显特征。鲁迅青年时期开始旧体诗创作，多与朋友交流，表达他对人生、社会的看法，有抒情、言志和讽世多种。他的自由体新诗响应五四新文化运动而作，艺术成就略逊，但《野草》中的一些散文诗足以展现他的诗歌才华。在诗与散文的写作上，鲁迅用笔有所区别，散文技巧相对成熟。另外，针对鲁迅诗歌研究状况，简要地提及当前诗歌研究需避免的问题。

5. 杨景龙：《试论元曲精神对当代诗词的影响——以聂绀弩、启功、周啸天的创作为例》（《西华师范大学学报［哲学社会科学版］》2017 年第 1 期）

元曲取材的无边宽泛性、语言的浅白通俗性和风格的大面积诙谐幽默感，对后世文学创作尤其是现当代诗歌创作影响深远。即以聂绀弩、启功、周啸天等当代旧体诗词创作而言，其题材、语言、风格等方面均明显受到元曲的影响。聂绀弩的七律、周啸天的歌行，因为散曲元素的加入，已经改变或部分改变了七律、歌行二体的诗歌史风貌。启功则在五古、七古、五律、七律、绝句、小令、慢词等各种体式里，全面渗入曲风曲趣。即此可见，元曲精神对当代旧体诗词创作的影响渗透，是全方位的。

6. 夏中义：《当代旧诗与文学史正义——以洪子诚〈中国当代文学史〉上编为探讨平台》（载夏中义《百年旧诗人文血脉》，上海文艺出版社 2017 年版）

若认同洪子诚的《现当代文学史》主张的"审美尺度"，即须优先考察作品有否写出独特的"个体化经验"及其艺术有否创新，那么，当代旧诗的"入史"标准在此也就可逻辑地转述为：谁在当代文学史最匮乏、最薄弱、遭"一体化"损害最惨的"个人化经验"及其艺术独创环节，能贡献其独特乃至卓越者，谁就最具"入史"资格。正是在这个意义上，陈寅恪、聂绀弩、王辛笛这三家旧诗可谓"当仁不让"。这不仅因为陈寅恪所标举的"学圣孤怀"，聂绀弩所挥洒的"俳谐荒草"，王辛笛所纠结的"国史冷吟"，堪称当代旧诗中难以企及的绝唱；

更是因为这三家旧诗在价值层面能不约而同,又极具个性地去触及这一终极关怀:即自己该怎样诗性地安顿个体尊严于苦难,才无愧为"真正的人"。

7. 陈国恩《怀旧与时尚:关于新世纪的旧体诗词热》(《长江文艺》2017 年第 5 期)

旧体诗词热,一旦放到整个文化保守主义思潮兴起的背景中来看,就会发现它并非偶然,而是文化发展的一种逆反现象,即文化的新旧代序因革新的激进而回过头来引起怀旧的思潮,人们带着对往昔辉煌的深深怀念,来表达对当下某种情势的不满。从社会整体的宏观视野和历史发展的眼光来看,旧体诗词热注定是寂寞的。旧体诗词热难以持续是因为失去了具有活力的语言环境支撑,这不仅是指它失去了旧体诗词在古代所承担的人际交往功能——退出了广泛的日常交往领域,它的社会角色被大大削弱了,而这样说的一个更为重要的意思是,旧体诗词热,之称为"热"——所谓的时尚,如果按照诗词格律的标准,今人所写的许多作品都是有所欠缺的。有人说今天旧体诗词的数量远超新诗,但这难以成为它重现辉煌的依据。

8. 钱刚:《暗通款曲:旧体诗兴起的互联网背景》(《长江文艺》2017 年第 5 期)

互联网在现当代旧体诗词热中起了助力作用,至少表现在五个方面:首先是互联网平台发挥了聚合效应,其次是互联网渠道扩大了传播效力,再次是互联网的女性主义文化特征有利于旧体诗,第四是简洁、直接、松散、富于创造性和弱逻辑等特征的互联网语言有利于旧体诗,最后是互联网图像化倾向有利于承载和传播旧体诗词。

9. 王巨川：《构建当代诗歌创作与批评的健康空间》（《贵州社会科学》2017年第5期）

当代中国诗歌在求新思变的自觉调整与优化选择中，新、旧诗学此消彼长，双线并行，各自都呈现出一种繁盛的发展景观和态势。但是，不论是沿袭古典路数的旧体诗还是尚未走向成熟的新诗，在当前仍然有许多问题需要研究者认真思考。其中，破除诗歌"新""旧"二元思维模式、加强创作作品的"当代性"意识、构建创作与批评的健康空间等问题尤为重要。

10. 李遇春、朱一帆：《现代中国女性旧体诗词的历史浮沉与演变趋势》（《天津社会科学》2017年第1期）

现代中国女性旧体诗词是现代中国女性文学史的重要组成部分，其历史浮沉轨迹和艺术演变趋势与女性诗词创作主体的女性意识嬗变密切相关。具体而言，在转折期（1912—1936），由于五四新文化运动的影响，现代中国女性诗词创作主体的女性意识由传统的闺阁意识向现代女性意识转变，尤其是现代女性视角的向外观照与向内审视的结合，表现了现代旧体诗词中女性意识的深化。在中兴期（1937—1949），由于抗战现实政治时势的影响，女性诗词创作主体向外进一步拓展宏大叙事与抒情，向内进一步审视母女关系和女性身体，思想与艺术趋于成熟。及至分流期（1949—1976），国内与海外华裔女性旧体诗词创作中出现了现代女性意识的异化与认同，形成了二水分流的女性诗词艺术景观。在1977年以来的复兴期，由于中国旧体诗词创作中现代女性意识的全面复苏，尤其是21世纪进入网络文学时代以来，当代中国女性旧体诗词创作在语言、意象、题材等方面都有了长足的发展。

11. 李遇春、叶澜涛：《现代中国画家旧体诗词的历史浮沉与演变趋势》（《江西师范大学学报［哲学社会科学版］》2017年第3期）

近百年来的现代中国画家旧体诗词创作，是现代中国旧体诗词发展史的重要组成部分。大体而言，现代中国画家旧体诗词的百年演变历程可分为四个历史阶段：在变革期（1912—1936），传统派与革新派画家诗人都在不同程度上致力于传统诗词的现代转型。在深化期(1937—1949)，不同类型的画家诗人主要聚集在抗战旗帜下用旧体诗词的民族形式书写战乱中的悲情与壮怀。及至转折期(1949—1976)，在新的社会政治环境下，国内和离散海外的画家旧体诗词创作出现了合唱与独吟两种书写方式。新时期以来是复苏期(1977年至今)，从"归来者"到"网络达人"，无不体现出在改革开放的新历史语境中当代画家旧体诗词创作的新变。总之，从百年画家诗词的发展历程中不仅可以发现诗词与时代的密切关联，而且也能发现诗词与绘画的艺术互动。

12. 朱佩弦：《当代旧体诗词的发展困境——从"思想史"与"期待视野"说开去》（《湖州师范学院学报》2017年第7期）

当代的旧体诗词发展，从创作到普及，主要存在着"结构主义的创作情结与解构主义的矫枉过正""理性主义精神、文化—心理结构影响下的创作""'权力性'创作爆发与'类书性'接受阻滞的二律背反""'历史记忆'的重新阐释与'传承性'的一成不变的矛盾""'新文学'的'破旧'体认与'旧体诗词'的'立新'的不确定"几大困境。把这几类困境置于思想史的角度予以考察，我们能更为直观地看到当代旧体诗词的历史地位、实质内涵以及遭遇困境的具体成因，所有的成因都可以归结统摄于当代旧体诗词的发展脱离了受众的期待视野，或者说只满足了一部分受众的期待视野，只满足了受众期待视野的某个层级或部分。

13. 杜运威：《抗战词坛研究——以晚清词史相关现象为背景》（吉林大学 2017 年博士论文）

自列强入侵中国以来，词坛格局和词史发展已经悄然改变，尤其稼轩接受群体及其所作"战争词"扮演的角色越来越重。从"鸦片战争时期的薄弱跳动"，至"太平天国间的集体性吟唱"，再至"中法战争的停滞徘徊及庚子事变的转型"，俨然构成一条独立于浙、常二派之外的发展脉络。庚子之后仍有前进，但影响不大。直至抗战的爆发，才真正开启续写词体"御敌抗侮"的新史程。

抗战词坛是一个风云激荡、裂变新生的时代。文学生态十分复杂，有的词人不畏艰险，投笔从戎；有的"躲进小楼成一统"，以隐士自居；还有的投奔日伪政府，成为推进"和平文学"的帮凶。各角色之间多有交叉，甚至集于一身。战乱中不同处世心态及生存方式创造出题材各异的作品，进一步拓宽了词体叙述广度和深度。另外，传播与接受方式的改变，对文学思想、群体意识、内容风格都产生了巨大影响，尤其是以期刊为中心形成的文学流派最值得关注。

14. 曹辛华：《论民国白话旧体诗词的创作及其意义》（载《第四届"雅韵山河"当代中华诗词学术研讨会论文集》）

白话旧体诗词，主要指用口语、方言、浅显明白的语言或当时民间语言采用各种旧式诗体、词体（含曲体）等写成的诗词作品。民国时期的白话旧体诗词主要包含在八类文献中：一是新文学家或受新文学观念影响者的旧体诗词作品，二是革命家或革命烈士的旧体诗词作品，三是军旅诗词作品，四是民歌或拟仿民歌的作品，五是民国歌词，六是宗教诗词作品，七是休闲、娱乐类期刊杂志发表作品，八是翻译诗作。民国白话旧体诗词创作有三个阶段：第一个为民国初期至1917年，处于不自觉创作状态；第二个为新文学运动至九一八事变前后，处于兴发期；第三个为1931年以后至新中国成立，为勃兴期。民国白话旧体诗词创作在作者身份、体式类型、文体特征、题材内容、写作方式、艺术手段、风格美感以及传播等方面，都具有"现代""新"特点。考察、研究民国白话旧体诗词的意义在于：首先，有利于完善当前中华诗词的内涵认知，有利于当代诗词的发展与研究；其次，有利于纠正关于旧体文学认知的偏颇；第三，有利于白话文学史、现代文学史的正确认识与描述；第四，可为现当代民歌、俗文学、民间文学等的研究提供参照系；第五，对我们认清诗词文体本质有极大助益。

15. 吴秋野：《诗词流进我们的生活——从"毕业季·诗歌季"活动看当下的诗词创作》（《中华辞赋》2017年第12期）

诗词的繁荣在于诗词走入日常，在于诗人作为文化精英的身份的平民化消解。当下的"诗词热"源于对中华传统文化的重识，源于对东方文化、生活的再发现。诗人作为文化精英的色彩日趋淡泊，诗词写作也日益成为日常的一种娱乐消遣方式，诗词作品不可回避地出现娱乐化倾向。这不是诗词的衰退，而是诗词走向新的繁荣的必经之路。

16. 周于飞：《国诗大赛对网络守正体诗词创作的影响》（《西南科技大学学报[哲学社会科学版]》2017年第6期）

网络旧体诗词创作已经初步形成了实验体、守正体、新台阁体三体并峙的格局。守正体提倡雅正，回归诗词创作的主流传统。国诗大赛以模拟科考取士的原创赛制，追求风雅的选拔标准，推出了一批在雅正基础上有所创新的守正体作品及作者。其全面考察作者的诗学素养与创作水平的宗旨，树立精品的意识，为网络诗坛守正体创作提供了一条可持续发展的道路。

17. 朱巧云：《海外华人古体诗词创作的文化意义与诗学意义》（《中国韵文学刊》2017年第1期）

海外华人创作的古体诗词是海外华文文学的重要组成部分。古体诗词的写作对于海外华人有着独特的文化意义，体现出他们族源、文化身份认同的诉求，也是传统文化在海外传承与再生的表征。从文学史的角度来说，海外华人古体诗词具有双重的文学史意义，不仅是海外华文文学史的一部分，也是华人所在国文学史值得书写的一个篇章。

18. 邱域埕、周晓风《再论抗战时期重庆版〈新华日报〉中的旧体诗》（《重庆第二师范学院学报》2017年第1期）

抗战时期重庆版《新华日报》刊载旧体诗150余首，并且产生了广泛影响。从诗体的角度看，抗战时期重庆版《新华日报》中的旧体诗可以划分为三类：唱和诗、祝词和挽诗，以及杂感诗。这些旧体诗一方面在时代语境中传达着诗人的爱国情怀，体现着民族身份认同的要义，表现着凝聚民族精神的战时功用；同时，这些旧体诗也在审美范畴中体现着民族传统文学的审美认同，多采用"曲说"的语言方式，追求情景浑融的艺术境界，这在一定程度上承续了中国传统诗歌的审美特征。抗战时期旧体诗创作复兴的外部条件主要源于抗战救国所需要的民族文化精神的高涨。抗战时期旧体诗创作对于汉语诗歌语言艺术而言，既是一种回归，也是对此前白话新诗语言艺术的粗糙状况的补救，以及对由此形成的褊狭的诗歌生态的某种调整，显示出诗歌发展内部规律作用的结果。

19. 李剑亮：《民国教授的抗战词》（《新文学评论》2017 年第 3 期）

民国教授大多经历了抗战的艰难岁月。正因为如此，他们将这一特殊的经历，作为其文学创作的表现题材，创作了不少颇具感染力与影响力的词作。教授们的抗战词创作，几乎贯穿了抗战的全过程。从 1931 年日寇入侵中国东北开始，到 1945 年日本宣布无条件投降，在这漫长的岁月中，教授们持续在自己的词作中，一方面揭露日寇侵略暴行，一方面记录各地军民奋起抗击的悲壮场面。这些作品，内容丰富，视角多样，成为民国时期抗战文学的重要组成部分。

20. 杨传庆：《"地下"唱酬——"文革"时期的梦碧词社》（《中国韵文学刊》2017 年第 2 期）

"文革"期间，以寇梦碧、陈宗枢、张牧石三人为核心的梦碧词社，以诗词慰藉苦难，抒写了动乱时代知识分子的迷茫与苦闷，展现了特定时期文人的心灵世界。在词学旨趣上，他们以梦窗、碧山为宗，推崇清季词学巨匠朱祖谋与郑文焯，创作上主张情真、意新、辞美、律严，体现了传统词学在当代的新进展。

21. 王友胜：《齐白石"薛蟠体"再议》（《中国文学研究》2017 年第 2 期）

"薛蟠体"指效仿、模拟《红楼梦》中人物薛蟠诗风而创作的诗体，是一种戏谑、滑稽、俚俗、粗陋，乃至低俗、庸鄙的写作方式。王闿运不甚看重齐白石早年的诗，谑评为"薛蟠体"，这与他本人的诗风、诗学观及身世、学养、性情与齐白石存在着较大的代沟与差异不无联系。齐白石的诗不可谓之"薛蟠体"，原因在于：其一，"薛蟠体"的作者敢于直截了当地胡说，其身份往往非同凡响，诗中充满了呆霸之气，而齐白石的诗源于生活，多写农事，反映的是失意文人特有的疏笋气；其二，薛蟠体的诗歌低俗粗鄙，充满铜臭气、脂粉气与世俗气，而齐白石的诗俗中蕴雅，恣肆却不粗豪，体现了一股文人画士特有的孤傲之气。

22. 昝圣骞:《论清末民初词体声律学的新变》(《文艺研究》2017 年第 2 期）

清末民初是词体声律学结穴传统、孕育新变的一个重要时间节点。前代词体声律研究理论在这一时期得到整合，并在《词通》中建立起较完备的学术体系。晚清以来重音律、尚乐声的研究思路也开始向重格律、倡吟诵的方向转换，开拓出新的研究空间。在校勘上律校法取得重大收获，在创作上朱祖谋、郑文焯等大家推出律文兼美的典范之作，这些实践上的成功使得词体声律学牢牢扎根于词坛，成为词学批评中的流行话语，甚至引发激烈论争。而对报刊、图书和大学讲堂等学术传承、传播新媒介的运用，又为词体声律学不断赢得新的发展契机。

23. 彭玉平：《晚清民国词学的明流与暗流——以"重拙大"说的源流与结构谱系为考察中心》(《文学遗产》2017年第6期）

晚清民国盛行之"重拙大"说酝酿于周济等人，端木埰初显成说端倪，王鹏运集为一说，而况周颐始畅其旨。况周颐从接闻此说到确立其在自身词学中的核心地位，经历了三十余年曲折的过程。重、拙、大三者虽各有侧重，各具内涵，但彼此渗透，互有关联，形成独特的结构谱系，其与"南渡诸贤"的关系实在离合之间。况周颐天赋清才更契合五代北宋，故由其词学批评实践可见其强调重拙大与南宋词人关系时的矛盾心态。况周颐更主张兼师众长，平衡两宋，而自立眼界。重拙大说遥接周济由梦窗而臻清真浑化之论，近契晚清风行南北的梦窗词风。梳理重拙大词说的发展流变，可彰显出晚清民国词学的一条重要的源流谱系，其意义值得充分估量。

24. 马大勇、杜运威：《论民国"守四声"风气的生成演变与午社词人的拨乱反正》(《贵州社会科学》2017年第3期）

晚清民国时期，词坛掀起"选涩调，守四声"创作风气，不可简单将其等同于"梦窗热"，二者既紧密联系，又有异同。前者是后者声律层面的重要特征，后者加快了前者产生与传播的步伐；但"守四声"并不局限于梦窗一家，且其生成演变的主要因素是民国词社的勃兴。依四声填词源自朱祖谋的提倡，经春音词社、沤社的强化，至如社达到"限调限体"的极致。抗战时期，在午社内部引起强烈反弹，经龙榆生引导，由反四声转向反梦窗，并呼吁增强词体社会功能。"四声之争"纠正了民国词坛过于追求艺术技巧，忽视情感内容的弊病，逐步恢复词体抒情文学的本质。

25. 赵家晨：《同光体词人群体考论》（《南昌大学学报［人文社会科学版］》2017年第3期）

同光体词人群体的形成得益于亲缘、地缘、学缘、业缘、宦缘等五种缘分的交织，清遗民群体寓居沪上组织诗词唱和以及由此引发的群体效益。该群体呈现出活跃时间跨度大、成员众多、身份复杂且词学活动社团化、刊物化的特征。词学主张由早期推崇梦窗彊邨、工于词艺转变为崇尚苏辛、以词纪史，创作上由独自哀吟转为家国之叹。同光体词人群体是一个由清遗民及高校教授为主体、松散的业余性词人群体，并未形成特定的词学流派。

26. 谢丽：《从传统救赎到商业消费——以〈小说月报〉（1910—1920）词作的考察为中心》（《河南大学学报［社会科学版］》2017年第3期）

《小说月报》在1921年改版前是民国初年旧体文学发表的一大阵地。将1910—1920年间的《小说月报》作为考察对象，在把握恽铁樵与王蕴章两位主编编辑理念的基础上，对"文苑""最录"栏目刊登的词作进行梳理及定量分析，可以发现在现代传播语境下，晚近词人们围绕《小说月报》实现了一次聚集，他们利用并开拓期刊提供的文化空间，表现出自觉的传播意识，为保存传统词体的鲜活状态做出努力。同时期刊的商业本质促使词作者们在传统救赎与商业消费间寻找平衡，部分词人开始有意识地突破传统书写，词作的商业意味更加浓厚。

27. 徐燕婷：《民国女性词集二维研究》（《华东师范大学学报［哲学社会科学版］》2017年第1期）

从民国女性词集作者、文本两个维度予以观照；民国女性词集具有独有的特征。从作者地域分布和身份构成来看，地域分布具有不均衡性，主要集中于江南一带，尤以江浙籍为多。但又因为民国独特的时代环境，使得词人因求学、求职、避难、随宦和革命等原因而呈现出动态的流动。作者身份构成呈现多元化，官宦女子、普通闺秀、女报人、教师（学者）兼而有之，同时又不截然分明，具有身份的交叉性特质。从文本本身来观照，这既是一种"独抒性灵"式的美学发声，又存在着雅俗并存的状况。

28. 莫真宝：《新世瑰奇异境生 更搜欧亚造新声——独孤食肉兽（曾峥）现代城市词例释》（《诗书画》2017 年第 4 期）

在独孤食肉兽的诗词作品中，田园生活的元素被大大淡化，而大量的现代都市生活元素被摄入笔端。即使偶尔把笔触伸向传统的田园，其艺术手段固然与诗词传统血脉相连，同时亦能熟练运用西方现代派甚至后现代派艺术手法，赋予现代诗词全新的艺术品格。通过分析、总结他的现代城市词，可以发现其作品的三个主要创作特色：意识流的时空切割与重叠、蒙太奇的画面摄取与拼接、超现实的生活玄想与变形。他的词（包括旧体诗）是古典和洋典的混搭，戴着格律镣铐而如此飞旋"炫技"，体现了他消弭新、旧诗边界的拓新尝试。

29. 张宁：《文体代偿：旧体诗之于鲁迅的特殊意义》（载《第四届"雅韵山河"当代中华诗词学术研讨会论文集》）

鲁迅自言不喜旧体诗，两次停歇诗笔，但在其杂文受到当局和敌手的联合"围剿"之际，他策略性地选择了旧体诗，旧体诗由此开始发挥"代偿"作用。鲁迅不仅破体为文，以杂文手法入诗，使旧体诗具有杂文的特质，独立发挥批判功能，还将旧体诗"移花接木"地嵌置于杂文中,以诗歌的弦外之音补偿文章未能释放的部分思想与情感,在高压环境中勇敢发声。潜藏在鲁迅内心深处的诗骚情结是促使其选择旧体诗的远源,近代报刊杂志等新兴媒介激发的发声需求则是他选择旧体诗的近因。鲁迅作为新文学的干将,写作旧体诗自有其"不得已"之处,但也说明"五四"以来不同文体在相互角逐的同时有很强的共生性,旧体诗有不可替代的优势。

30. 朱兴和:《"文学革命论"与陈独秀的旧诗创作实践》(载《"旧体诗与知识者心灵史暨学术史"研讨会资料汇编》)

陈独秀的旧诗创作实践与其"文学革命论"看似矛盾,其实未必存在真正的价值冲突。由于陈独秀对旧诗的存废问题采取悬置的审慎态度,于是为旧诗留下暧昧的生存空间。"文学革命论"的实质不在于形式与语言的变革,而在于创作主体的精神新生。陈独秀本人的旧诗创作在自我与社会、自我与他者、自我与灵魂三个层面呈现出深刻的思想变革,不仅与"文学革命论"并无龃龉,反而是其最好的释证。他的旧诗是一流情思的完美结合,也是古典诗歌现代嬗变的重要成果。

31. 丁晓萍:《旧体诗:郁达夫最本能的写作方式》(载《"旧体诗与知识者心灵史暨学术史"研讨会资料汇编》)

郁达夫以小说名世却终身坚持旧体诗写作,旧体诗作为"五四"第一代新文学家共同的文化基因,在郁达夫身上显现得特别强大,旧体诗不仅在郁达夫文学创作中占有很大比重,在其生命中亦占有很重分量。本文欲从旧体诗与郁达夫文学生命的关系入手,探讨郁达夫旧体诗情结的深层原因,认为在郁达夫从童年到青年这一最得不到认可、不断受挫的阶段,每一个时期的旧体诗写作都以不同方式让他在某种程度上得以改变自身处境而获得优越感，这种成功不断强化了其身上的旧体诗文化基因，旧体诗也因此成为他最本能的写作方式。

32. 祁丽岩：《当代诗词的问题僭越——以了凡等诗人的词作为例》（载《第三届当代诗词创作批评与理论研究青年论坛论文集》）

当代诗词在继承传统的同时，也呈现出一系列革命性的突破，一些创作者不再满足于经过千年的发展已经凝固了的文体规范，不再局限于旧瓶装新酒的形式上的窠臼，努力尝试打破旧有的范式，在内容与时俱进的同时更对传统诗词的文体形式提出了挑战，以了凡、李子等为代表的诗人们以开放的创作观和开阔的文学视野展开一系列的文体实验，使当代诗词呈现一种崭新的面貌。这种探索在艺术的创新层面上是一种有益的尝试，在传统诗词现代化的进程中有着不可低估的价值。

33. 陈斐、蒋寅：《探寻现代汉诗书写的另种可能——关于近现代诗词研究与创作的问答》（载《第三届当代诗词创作批评与理论研究青年论坛论文集》）

蒋寅：现当代诗词既然出自今人之手，当然就有现代性。但如何判断其现代性，有一些问题还有待于澄清。当今的"现代性"研究，很少就文学自身的艺术问题来考察，而是用文学以外的因素即文学中反映的观念内容来谈论。这将文学当成了现代性的载体，而文学自身的现代性在哪里呢？我以前看到谈现代性的论文就烦，好像离了现代性就无法研究文学了。可是前几年我写一篇论韩愈诗风变革的美学意义的论文，最后竟也牵涉到现代性问题了。这才体会到，研究近现代文学、文化，现代性是个绕不过去的问题。……但即使如此,我也想强调,现代性只是一个视角,它不能包揽文学的所有问题,无论探讨什么层面的问题都和现代性扯在一起,恐怕也会大而无当的。

时代越往后,人可选择的生活模式就越多样,即使在现代仍有人喜欢按古典的模式生存,创作或欣赏古典形式的艺术。但多数人肯定是按当代模式生活的,因为这种模式本身就是多数人选择的结果。艺术的基本功能是为人提供一个超越世俗或曰日常生活的方式,但不是任何方式都有效,多数人的选择就是时代潮流,有能力引导潮流的就是时尚趣味。古典形式所以成为古典,是在选择中被放弃的结果。……古典诗歌形式,再有多大的承载力,也难以表现现代人复杂的内心和外部世界。

34. 宋湘绮:《诗教与境界》(《心潮诗词评论》2017 年第 2 期)

诗词研究远离当代诗词创作现场的状况应该及时扭转,必须直面当代诗词创作现场,研究古代诗话词话未曾遭遇的大众文化、现代主义对诗词艺术的冲击和影响。

境界,不仅包含着诗人的思想高度,还包含着艺术规范与思想浑然天成的融合,是一种探寻人的实践存在意义的精神创造活动。重新认识境界说,有三个关键问题:一是具有实践存在论意味的境界说一直被用于解释经典,没有对接当代诗词的创作和研究现场;二是把境界理解成感性认识成果,忽视了境界是一种实践生存状态;三是多把境界理解成意境,切断了境界的实践存在之维,掩盖了境界的生存论本质。

35. 李昇：《论周庆云民初诗风的转变与对晨风庐诗人群的影响及意义》（载《第二届中华诗词古今演变研究学术研讨会论文集》）

民国初期上海遗民诗人中，周庆云的创作实绩与影响被人忽略了。周庆云以消寒会、淞滨吟社和晨风庐唱和的形式聚集了一批避地上海的诗人，最终形成了以他为中心的晨风庐诗人群。因其诗社领袖及唱和活动组织者的身份，周庆云的诗风影响到了这一诗人群体，尤其是他民国时期注重温柔敦厚诗风的转变，代表了当时遗民的普遍诗歌转向，使得淞滨吟社和晨风庐诗人群具有了独特的诗歌面貌，有别于同时期的其他沪上诗社。

36. 张海鸥：《诗词创作的叙事理路》（载《第二届中华诗词古今演变研究学术研讨会论文集》）

经典叙事学和认知叙事学注重作者—作品—读者之间叙说与阐释的关系，这对探讨诗词叙事艺术很有启发。本文借鉴这种理念，研究诗词的认知视角与叙事倾向、作者创作过程与读者阐释过程的叙事预设、诗词起承转合的结构与阅读的严谨感和整饬感、对仗结构的均衡感和稳定感、列锦叠加铺叙结构与阅读的丰富细密感、对比（或转折）与阅读的审美惊奇感，以及在所指与能指关系的转义性基础上形成的隐喻、典故、反讽等独特诗法。

37. 朱慧国、戴伊璇：《论倦鹤词的精神内涵及其时代气息》（载《第二届中华诗词古今演变研究学术研讨会论文集》）

陈匪石的词作受晚清常州派的影响，追求浑厚的艺术效果，具有含蓄、婉曲的特点。但透过词的意象，依然可以从其国运之忧、报国之志、飘零之感与思乡归隐之念几个方面看到蕴含在词中的时代气息。《倦鹤近体乐府》不仅是陈匪石个人的一生情感记录，也是当时一批进步文人情感生活的真实写照，从一个侧面表达了当时中国的时代气息。

38. 李仲凡：《建国后新文学家的旧体诗写作转向》（《心潮诗词评论》2017年第5期）

新中国成立后，郭沫若、臧克家、胡风、何其芳等新旧体诗都写的新文学作家中，许多人把诗歌写作的重心放在旧体诗上，这种转向，既有诗人年龄变化的因素，也与他们对新旧体诗各自文体长短的体会和认识有关，更与他们在新中国成立后的现实处境和遭遇有关。在诸多促成新文学家转向旧体诗写作的因素中，最直接、最现实的诱因，是他们自身的境遇。

39. 彭继媛：《浅议民国传统诗话的现代品质》（载黄霖主编《民国旧体文论与文学研究》，凤凰出版社2017年版）

产生于中西文化与新旧文学大融汇之际的民国诗话，从形式上看，多数还是古代文论中常见的诗话和诠释方式。然而民国诗话是社会急剧变革在文化意识形态上的反映，也是中西文化碰撞中矛盾和融合后的产物。在西风吹拂下的它较之以往的诗话著作，既增添了新的内蕴，又具有了新的形态，具有一定的现代性。其现代性具体体现为其中一些诗话批评对象的变化，如采集、评说"新诗派"、外国诗和外国诗人，品评白话新诗和新文化运动倡导人，关注俗文学。

40. 吴盛青《把沧海桑田作艳吟：吕碧城（1883—1943）海外词中的情欲空间》（载林宗正、张伯伟主编《从传统到现代的中国诗学》，上海古籍出版社 2017 年版）

吕碧城在词中用传统故实、表达结构，以高扬的女性主义意识，以情为主，有选择地转述、改写异域文化，搭建起一个蔚为璀璨的欧洲山水的诗学景观。她以性别的差异性，柔美与阳刚兼收的艺术风格特征，重新擘画词中的美学空间。这些烙有深刻个体痕迹的抒情之作，文采炜烨间奇情艳思的流荡，建构起一个跨越国界的女性共同体的审美想象。在文学史上长期沿用的新旧交替、传统与现代的势不两立等观念的牵肘之下，吕碧城的海外新词，古色古香，雄辩地展示了文学现代性的繁复诡异的多重面向，现代经验与古老形式的彼此角力与拉锯。

附录四　2017年出版的诗词文献目录提要

一、丛书类文献提要

1.《民国诗集选刊》（全137册）。《民国诗集选刊》是由汪梦川、熊烨主编，广陵书社于2017年9月出版的一套大型丛书。该丛书为上海大学文学院特聘教授曹辛华所主持的国家社科基金重大项目"民国词集编年叙录与提要"（13&ZD118）阶段成果、上海大学民国以来旧体文学研究所重点攻关项目成果、上海大学诗词学研究中心与中华诗词研究院合作项目成果。丛书选取民国时期不同地域、不同领域、不同流派的诗人别集影印出版，意在给读者和研究者提供一个系统认识和深入了解民国时期旧体诗创作的资料合集。所选范围限定其人卒于1912年以后，其集出版于1949年以前。该丛书选择其中有代表性的诗人诗集影印出版，总数达213家，能够给研究者提供一个较为全面而且可靠的资料合集。不仅是我国出版的第一套大型民国旧体诗歌总集，也是目前规模最大的民国诗歌文献集成，对推动民国旧体诗歌的传播与研究将起到积极作用。

2.《中国近现代稀见史料丛刊》（第四辑）（以下简称《丛刊》）。《丛刊》共12种17册，张剑、徐雁平、彭国忠主编，凤凰出版社于2017年6月出版。本辑继续秉承前三辑的风格，精心选取近现代中国（晚清与民国）各类士人的日记、书信、奏牍、笔记、诗文集、诗话、词话、序跋汇编等，为读者提供宏大的中国近现代史叙事背后的历史细节，展现大变革时代的个人生活图景。《丛刊》第四辑收录有《甲午日本汉诗选录》《达亭老人遗稿》二部诗词文献。该辑延续了第一、二、三辑的编选思路,通过累积性工作连续出版,整合近现代诸多稀见而又确有史料价值的文献,为学界提供阅读和研究的便利,多层面、多角度地呈现具有连续性的近现代中国社会的肌理与血脉、骨力与神韵。《丛刊》内容极为丰富,我们从中可以看到近现代中国社会的方方面面,如思想观念与民俗信仰、传统政治的运作、外交事务与中西碰撞及国人对西方的态度、官民日常生活、文学书写与传播等,其价值是综合性、多学科的。

3.《全粤诗》(第20、21、22册)。《全粤诗》(第20、21、22册)由中山大学中国古文献研究所编,岭南美术出版社分别于2017年3月、5月、5月出版。该丛书从2008年至2016年,已陆续出版19册。所收诗作,地域包括今广东、海南、香港、澳门,以及广西钦州、北海;时间则上自汉朝,下迄清代,酌收少量民国初期诗人作品。计有诗人2100余人、诗作5万多首、1500余万字,是全国首部地方诗歌总集,也是一部迄今为止规模最大、内容最全的粤诗总集。据悉,其为新中国成立以来广东地区最大规模的单个社科项目。所收录之诗歌,含古体诗、今体诗及谣谚之合韵者。赞、颂、箴、铭等韵文体,凡诗歌总集、别集收录者,仍收录不删;凡杂于散文中者,不另录入。

4.《珍本南社旧著丛刊》(第一辑)。《珍本南社旧著丛刊》(第一辑)由张夷主编,上海大学出版社于2017年7月出版。包括《松陵文集》(全4册,陈去病纂辑)、《笠泽词徵》(上下册,陈去病辑录)、《浩歌堂诗钞》(陈去病著)、《吹万楼文集》(上下册,高燮著)、《铁冷丛谈》(刘铁冷著)、《直

奉两军阀史——曹锟张作霖轶事》(辽鹤,即宋大章著)、《迷楼集》(柳遂辑,柳亚子等著)等7种12册。其中:

(1)《浩歌堂诗钞》为陈去病的诗歌选集,包括《东江集》《壮游集》《黪山集》《袖椎集》《岭南集》《呻吟集》《光华集》《湖上集》《护宪·近游合集》《从征·南雍合集》等10卷,各卷卷首有于右仁、胡朴安、柳诒徵等名人题签,后附《巢南五十寿言》一卷。多为咏怀之作,集中抒发了诗人推翻清朝统治的壮志。

(2)《吹万楼文集(上、下)》,南社著名文学家高燮著。收入高氏论辩、序跋、书牍、赠序、传状、碑志、游记、杂记、铭颂、哀祭等各类文章共18卷,另附《愤悱录》一卷。书前有金松岑、金兆蕃、温廷敬、胡朴安、叶玉麟、王大隆、唐文治诸名家序。本书目前存世已少,此次据1941年高氏本人编订刊印之本影印。

(3)《迷楼集》收入50余位作者的诗作近150首,是研究南社文学的重要一手资料。本次据中华书局1920年仿宋版影印。20世纪20年代初,柳亚子、陈去病、丁逢甲、胡石予等南社名流先后数次相聚于昆山周庄之迷楼,相与唱和,既抒写了诗人们因国事而生发之豪气,亦表露了他们的名士才情,在当时颇称盛事。

5.《南社史料辑存》。《南社史料辑存》,张夷主编,上海大学出版社于2017年7月出版,包括《南社社友录》《首版〈南社纪略〉》2种5册。以上两套图书,或为南社名家纂著,学术价值重大,同时由于问世年代久远,文献价值亦极为珍贵;或依据原始档案整理,资料丰富权威。值得一提的是,这两套书除选用珍贵底本原样影印之外,同时重新编制了详细目录,检索利用颇为方便。

(1)《南社社友录(1—4册)》以珍藏于国家图书馆的原始档案《南社入社书》为基础,全面考订、梳理了1100余位南社社员的生平履历,另附有新南社社友名录、南社湘集社友名录、南社历次雅集参加者名录、南社纪念会参加者名录以及南社社友参加社团名录等资料,同时配以《南社入社书》影印件,是迄今为止关于南社社员信息最为翔实可靠的资料,对于推动中国近代史以及近代文学的研究来说,具有无可替代的重要价值。

(2)《首版〈南社纪略〉》为南社历史的亲历者所著,史料价值极高,历来被认作研究南社历史的权威之作。书中对南社酝酿、成立、兴盛、解体的过程做了较为详尽的描述,特别是列出了南社历次雅集到会者的名单以及《南社丛刻》的编辑出版情况。

6.《上海诗词系列丛书》。《上海诗词系列丛书》由褚水敖、陈鹏举主编,上海三联书店于2017年1月、7月出版。旧体诗作为中国文化的一个奇葩,正在迎来一次复兴。《上海诗词丛书》就是在这个背景下推出的,主编单位是上海作家协会主管下的上海诗词学会。

(1)《上海诗词系列丛书·2016年第2卷·总第14卷》,褚水敖、陈鹏举主编,上海三联书店于2017年1月出版。本书分为诗国华章、沪渎行吟、海上诗潮、霜林集叶、诗社丛萃、风云酬唱、云间遗音、九州吟草、观鱼解牛几部分,主要内容包括《诗念长征》《诗说神话》《崇明纪事》《枫林诗词社作品选》等。

（2）《上海诗词·2017年第1卷·总第15卷》，褚水敖、陈鹏举主编，上海三联书店于2017年7月出版。本书共分为十大部分，内容包括：卷首语、诗脉传承、风采张家港、海上诗潮、风云酬唱、霜林集叶、诗社丛萃、云间遗音、九州吟草、观鱼解牛。

7.《中华诗词学会三十年》。《中华诗词学会三十年》系列丛书由中华诗词学会所编，中国文史出版社于2017年6月出版，主要有大事记、诗词选、论文选等三部分。

（1）《中华诗词学会三十年·大事记》，中华诗词学会编，刘庆霖、沈华维主编，中国文史出版社于2017年6月出版。本书共分为七个部分，对中华诗词学会的来源以及机构做了清晰的梳理，并对中华诗词学会发展过程中的诸多重要事件做了记录。

（2）《中华诗词学会三十年·诗词选》，中华诗词学会编，丁国成、高昌主编，中国文史出版社于2017年6月出版。本书收录了《红豆曲并序》《微尘》《八声甘州》《鸡司令》《长寿歌》《兰州绿化赞歌》《感时一首》《山家》《山村即景》《盼港回归》《香江曲》等诗词作品。

（3）《中华诗词学会三十年·论文选》（上、下），中华诗词学会编，林峰主编，中国文史出版社于2017年6月出版。本书为纪念中华诗词学会成立30周年而编，共分为六个部分，从不同方面对诗词的价值和类型特点进行了分析。逻辑严密，可读性强。值得一提的是，本书集合了诸多诗词领域的专家对诗词的见解，并提供了丰富的经验以飨读者。

二、汇编类文献提要

1.《将帅诗词》，李殿仁、吴纪学、马厚寅编，中国言实出版社于2017年7月出版。全书从众多将帅诗词中精选了278位元帅、将军的800余首诗词。所选诗词均为旧体，内容涉猎广泛，有记录重大战役战斗的，有抒发革命豪情的，有缅怀革命战友的，有感念父老乡亲的，有咏物明志的，有怀古说今的。所选诗词具有较强的文学性，能让读者从另一个角度了解波澜壮阔、大气磅礴的中国革命历程，领略人民军队将帅们的风采，感受他们的才华和人格魅力。书中所选诗词的作者有1955年至1964年间授衔的元帅和将军，也有1988年以后授衔的将军，还选了几位1965年至1988年8月之前曾担任过相应行政职务但没有授衔者的诗词。文章排序，1964年以前授衔的作者，参照《中华诗词文库·军旅诗词卷》，以军衔为序编排；1988年以后授衔的作者，以姓氏笔画为序编排。作者介绍未详细列举经历和任职，均很简略。编选过程中，参考了《将帅诗词选》《中华诗词文库·军旅诗词卷》《黄埔同学会诗词选》等作品，以及将帅们的个人诗集、公开发表过的作品，有的诗词是直接向一些作者征集的。

2.《晚岁诗文汇》，宋瑞祥著，河南文艺出版社于2017年1月出版。《晚岁诗文汇》有散文、诗歌、人物传记、文艺随笔、报告文学、书评、论文、书信和序言，有教师、作家、画家、书法家、官员、琵琶演奏家、砚文化专家、农民企业家、文坛巨匠和钧瓷泰斗等各种人物多彩多姿的人生故事，有对华丽世相的吟哦和浏览考察黄河的诗记，还有对河南家乡风俗名胜的纪怀和根脉情思。作品皆作者亲历、亲见、所感、所思，真实反映一位资深编辑观察社会人生的文化视角和朴实自然的流畅文风。以亲身感受探讨人生，辅助青少年读者和学生家长帮孩子励宏志、正品行、学写作，是作者的初衷。作者自白："书中自有情和爱，字里不乏精气神。回眸风雨人生路，点点滴滴启后人。"

3.《今我来思》，孙婧怡著，线装书局于2017年2月出版。本书主要内容包括"小说·那年那事""古体诗·旧人旧梦""现代诗·新火新茶""杂文·闲说闲话""书评·所感所思""散文·此间此时"。

4.《星影箫声》，廉江涛著，浙江工商大学出版社于2017年5月出版。本书共分为诗赋、散文、论文三卷，主要内容包括《党是幸福引泉人》《华山松》《闻云岗弟京城获奖》《人类太平我太平》《话别》《梦达》《赴武汉大学即事》等。

5.《中国古今咏酒诗词选》，宜宾多粮浓香白酒研究院编，四川大学出版社于2017年11月出版。本书精选中国2000多年来咏酒诗词780首，并附酒联98副，施以简注。编撰目的在于传承和弘扬中华优秀传统文化，特别是酒文化。内容包括《既醉》《别诗》《鱼丽》《短歌行》《送应氏诗》《古诗》《对酒》《都门观别》《过酒家》《醉后》《平生唯酒乐》等。

6.《怀庄酒与诗词歌赋》，穆升凡主编，团结出版社于2017年6月出版。本书是《茅台德庄》系列丛书（共9辑）之一种，收录描摹怀庄酒业发展的诗词歌赋，对研究茅台历史文化、地域文化、民间民俗文化、家族文化，弘扬仁、德、孝、义具有重要的参考借鉴意义。

7.《学森颂》，上海交通大学钱学森研究中心编，上海交通大学出版社于 2017 年 4 月出版。本书以一种新的表现形式宣传、纪念钱学森，是社会各界人士历年来创作的歌颂钱学森诗词汇编，包括旧体诗、词、新体诗三种体裁共 448 首诗词。通过这些诗词，我们可以更进一步认识深深扎根于广大人民心中的一代科学巨擘的崇高形象，全书共分为古韵新风、长吟短咏、时代放歌三部分。

8.《诗韵中南霞满天》，欧旭理、姬志洲主编，中南大学出版社于 2017 年 6 月出版。中南大学老年诗词协会于 2004 年由 50 余位老年诗词爱好者自发成立。10 余年来，协会始终致力于以学习并实践古典诗词歌赋为引，继承和弘扬中华诗词文化。据统计，协会成员共撰写诗词 3000 余首，并自编自印诗词集《老凤新声》13 期，成果颇丰。本书以"思想性第一、艺术性并重"的原则，从中遴选近 500 首优秀诗词，按照诗歌内容分为四类。其中，感时怀古 76 首，酬唱感怀 174 首，寄情吟咏 107 首，闲适悠游 141 首。汇编成集，以飨读者。

9.《遂宁风雅》，胡传淮主编，陈名扬、岳敦云、李宝山、胡云柯副主编，现代出版社于 2017 年 1 月出版。全书分上下两编。上编为《本地诗人咏遂宁》，下编为《外地诗人咏遂宁》，籍贯或姓名不明者，则纳入附录。计收录诗家近 400 人，诗作 1200 余首。是编收录地区范围为今遂宁市所辖两区三县（船山区、安居区、射洪县、蓬溪县、大英县）。时间上至先秦，下迄 1949 年。凡属书写遂宁两区三县之自然景物、历史遗迹、风俗习惯、人物交游等方面的诗词均编入。编写时选注相关生僻字词或相关典故。诗歌作者作品按照时间先后排序。

10.《西狭颂文化丛书·诗词联赋选》，李逢春主编，甘肃人民出版社于 2017 年 7 月出版。包括古人和今人创作的有关西狭颂的优秀诗词、西狭颂景区楹联征集活动中的获奖作品和通过其他渠道征集到的优秀楹联作品以及古今所写的西狭赋中的优秀作品。

11.《浙江现代十大家诗词赏析》，丁茂远著，中国社会科学出版社于 2017 年 7 月出版。本书入选的十位大家（以出生年月为序）是蔡元培、章太炎、刘大白、鲁迅、马一浮、沈尹默、郁达夫、茅盾、俞平伯、夏承焘。他们既在各自从事的领域卓有建树，又是诗词创作的行家里手。对于每位名家分别选收 30 首（篇）诗词。除总体介绍各自生平与创作外，每首诗词之后均附一篇赏析文章。

12.《广州古今竹枝词精选》，龚伯洪编，广东人民出版社于 2017 年 6 月出版。竹枝词是传统格律诗词中的一种独特形式，其特点是不用典故、可以口语入诗、明白流畅、雅俗共赏，有浓厚的地方色彩，泛咏风土人情，能补史之缺。岭南地区的竹枝词，以广州地区的最引人注目。本书收录了古代和当代描写广州风貌的较好的竹枝词作品，以期给广州学及史志研究者寻找地情资料提供线索。

13.《历代名人咏西安》，霍松林编，陕西师范大学出版社于 2017 年 7 月出版。本书是一部历代名人咏西安的诗歌选集。诗词的作者都是古今名人，吟咏的对象是西安（长安），作品的范围从古代到当代。这样一部作品集，从不同角度展现了西安的自然景观、人文风貌和历史沧桑，可以说是一部用诗歌谱写的西安图史。观览这部图史，既可陶情怡性，又有助于了解西安的悠久历史。

14.《颍上常氏五世诗词手迹选》，常法宽编，北京图书馆出版社于 2017 年 4 月出版。本书收录颍上常氏家族五代诗词手迹 11 种，有常国佐《卧农闲吟》、常凝章《藏拙小草》、常任侠《红百合集》、常法宽《绿窗吟稿五种》等。后附常法宽撰写弁言、世系表、作者简介，是了解常氏家族文学和思想的重要资料，也可以为当代文化家族编纂家集提供参考。

15.《青岛诗钞》，郭杨主编，中国海洋大学出版社于 2017 年 5 月出版。本书为青岛诗歌选集，主要是搜集、整理百年以来诗人、学者等名人吟咏青岛的诗歌作品。古代诗人并不收录，在世诗人的作品也不在之列，共得 110 余家。作品前有作者小传。

16.《近现代新疆诗钞》，浩明编，新疆文化出版社于 2017 年 5 月出版。本书收录的近代诗词，系清末及民国在新疆的官吏和文人墨客对新疆自然环境和社会生活的描述，其内容都是对新疆自然景观和人文的赞美。全系旧体诗。主要包括《乌鲁木齐》《哈密道中》《莲花池》《六别诗》《博克达山》《明月出天山》《同友人游鉴湖二首》等。

17.《麒麟阁·黔中九人诗词选》，贵阳市诗词楹联学会编，团结出版社于 2017 年 9 月出版。录入贵阳市乡村村民、教师、进城务工人员等基层作者的诗词共 1200 余首，其中有《詹超诗词选》130 首，《王钦诗词选》130 首，《陈全德诗词选》130 首，《李章荣诗词选》130 首，《李鳄泪诗词选》130 首，《徐一雄诗词选》130 首，《李玉真诗词选》130 首，《田茂霞诗词选》125 首，《赵晓强诗词选》130 首。

18.《我为贵阳点赞——"'我为贵阳点赞'贵阳市诗词楹联大赛"作品集》，中共贵阳市委宣传部、中共贵阳市委离退休干部工作局市老干部活动服务中心、贵阳市诗词楹联学会编，现代出版社于 2017 年 1 月出版。是集为参与"我为贵阳点赞"贵阳市诗词楹联大赛的作品集，按诗词获奖作品、楹联获奖作品、入围诗词楹联作品、评委诗词楹联作品的次序编录成册。可使读者领略贵阳的山光水色、历史文化、民俗风情。作品不仅有当代生活的底蕴，而且有文化传统的血脉。

19.《溪畔清音——贵州大学文学与传媒学院中文系学生原创作品大赛获奖作品集·3》，谭德兴主编，贵州大学出版社于 2017 年 6 月出版。本书为"贵州大学文学与传媒学院中文系第三届学生原创大赛"100 多篇参赛作品中的一等奖、二等奖、三等奖、优秀奖共 51 篇获奖作品集结而成。

20.《生命的河流——福建师范大学文学院 2015 年度文学创作大赛优秀作品集》（上、下），福建师范大学文学院编，海峡文艺出版社于 2017 年 5 月出版。本书是福建师范大学文学院 2015 年度文学创作大赛的作品集，集结了福建师范大学文学院 2015 年度文学创作大奖赛的一等奖、二等奖、三等奖等的作品，内容包括小说、散文、诗歌、文学评论、戏剧等。

21.《生态梯田·大美关山——关山大景区征文大赛作品集》，庄浪县文学艺术界联合会编，北京燕山出版社于 2017 年 5 月出版。本书分为散文卷、现代诗歌、歌词、古诗词、楹联几部分，主要内容包括《推开庄浪那扇窗》《庄浪梯田，一级一级打开春天》《关于庄浪梯田的阅读笔记》《修路，在关山大景区》等。

三、别集类文献提要

1.《适可庐诗集》，黄荐鄂著，夏远鸣、刘奕宏、黄童校注，暨南大学出版社于2017年2月出版。《适可庐诗集》刊刻于民国时期，对当时的社会思潮、器物等多有描述，能让人非常形象地感知那个时代。夏远鸣等对该诗集做了详细的校注，从中可见当时诗人的社会交往情况，既可作为研究民国时期广东政坛的极好的佐证材料，也是研究地方历史以及客家社会历史不可多得的史料。为彰显诗歌的价值，本书除校注外，另附诗人黄荐鄂的年谱、诗集评论文章以及原稿影印件。

2.《徐道政诗文集》，徐道政著，夏崇德编注，浙江工商大学出版社于2017年9月出版。本书收录了浙江省立第六师范校长、南社诗人徐道政所遗存于世的作品，大多数是诗歌，还有少量的文章和书法。分为辑佚成集、天台纪游、东游草、文章拾零和书法附录五卷，作品包括《南湖记游》《清明还家扫墓》《忆梅》《登望天台》《游五指山》《望赤城》《桃源吟》《游高明寺》《下天台山经国清寺》《动物园》等。其诗歌不仅记录了作者的生平经历与思想主张，其中所流露的人文、家国情怀，还是了解时代风云与台州学院办学历史弥足珍贵的材料，堪称搜罗徐道政诗文最为全备之书。

3.《不息翁诗存》，萧龙友著，语文出版社于2017年5月出版。《不息翁诗存》原稿包括萧龙友先生50岁至80岁之间的作品，共计30余册。现仅存丙戌至己丑四年（1946—1949）之作，以干支名之，分别为《丙戌集》《丁亥集（上、下）》《戊子集》《己丑集》，加之后于零星篇笺中搜集而成《拾遗集》，共计六册，约 1500 余首诗。诗后附有萧龙友自注及张绍重的笺注。《不息翁诗存》的出版，让我们有机会探求到萧龙友先生的精神世界与心路历程，同时诗集中还涉及当时社会各界的达官显贵、文人学士、高僧大德。其所涉人物多已作古，所列古迹亦多荒芜，亦为研究萧龙友先生及其时代提供了补史、佐史之资料。

4.《诗词·杂记》，弘一大师著，中国画报出版社于 2017 年 1 月出版。本书共分为诗词、歌、杂记几部分，主要内容包括《断句》《赋得忧国愿年丰》《戏赠蔡小香四绝》《咏山茶花》《和宋贞题城南草图原韵》《夜泊塘沽》《感时》《津门清明》《赠津中同人》《日夕登轮》《舟泊燕台》等。

5.《郁达夫诗词集》，郁达夫著，吉林出版集团股份有限公司于 2017 年 10 月出版。本书是郁达夫先生的诗词集，收录了郁达夫先生的众多优秀诗词作品，内容包括《乡思》《日本大森海滨望乡》《初秋客舍》《中秋夜中村公园赏月兼吊丰臣氏》等。

6.《镜中容易换年华（全二册）》，张伯驹、潘素著，中华书局于 2017 年 2 月出版。本书是以收藏大家张伯驹、潘素夫妇的书画作品 152 幅、张伯驹先生的 30 首词为基本内容设计的布面精装笔记书（函套装）。分张伯驹册（月白蓝布面）和潘素册（妃红布面），函套为靛蓝布面。

7.《瞿秋白文学精品选》，瞿秋白著，现代出版社于 2017 年 9 月出版。本书共分为诗歌、散文、报告文学三部分，其主要内容包括《赠羊牧之》《古风短诗》《过去》《赤潮曲》《铁花》《天语》《飞来峰和冷泉亭》《群众歌》等文学作品。

8.《刘剑魂诗存》（共四册），刘剑魂著，贵州人民出版社于 2017 年 5 月出版。本书为刘剑魂先生的旧体诗遗集。作者以诗言志，无论是个人私密情感（亲情、爱情、友情等）的流露，还是对国事、世风、人间百态的臧否，都是其真情实感的宣泄，是心弦之声，非为作诗而作诗。诗风豪宕俊朗，明快如画。

9.《冰炭集》，饶宗颐著，陈韩曦、翁艾注译，花城出版社于 2017 年 5 月出版。是集为饶宗颐在新加坡期间创作的诗词集。1968 年，饶宗颐应新加坡国立大学校长林大波的聘请，任该校中文系首任教授兼系主任。在新加坡教学之余，他游历了新加坡，马来西亚马六甲、槟城，搜求当地华文碑刻，成为对马来西亚材料研究的第一人。在新加坡期间，他创作诗词 117 首，认为虽然在那里生活待遇很好，但心灵深处却渴望继续以中国文化为重，而心情如冰如炭"一热复一寒"，故将其诗集取名为《冰炭集》。

10.《黄石集》，饶宗颐著，陈韩曦、宋振锟、翁艾注译，花城出版社于 2017 年 1 月出版。本书包含了《黄石集》及《江南春集》。20 世纪 60 年代到 70 年代，饶宗颐赴美，游历了大峡谷、黄石公园等旅游胜地，随后赋诗 35 首，集成《黄石集》。1985 年春天，饶宗颐游历了会稽天台雁荡等名山胜地，赋诗 47 首，集成《江南春集》。两个诗集同为山水之咏，一在异国，一在祖国；一个开创异国兴咏之先，一个承接古人山水之情，体现了饶宗颐东学西渐、陶铸古今的学人精神。是集收录了《黄石公园》《青瓷盆地》《王人（Kingman）道中横渡沙漠》《大峡谷》《Mather Point 小憩》《Hooverdam》《洛森矶》《将游黄石公园》《梁锲斋则往路易士湖》《口占二首赠别》等诗作。

11.《金粟轩纪年诗》，南怀瑾著，上海书店于 2017 年 3 月出版。是集收录 1932 年至 2009 年南怀瑾所作诗词，可了解南先生在不同阶段的思想与情感寄托。由对国学极富造诣的南怀瑾学生、前彰化师范大学林曦教授介绍，导读并注释。以南怀瑾创作诗作年代，依序分为"西行集""海屋集""海东集""掩关集""美京集"，以及不分年代的"佚诗集"等六集。其中以在台期间所创作的分量较重。从"西行集"到"美京集"，南怀瑾先生不同时期之身影与慧识，清晰可见。本书内容包括《过蛮溪》《务边杂拾》《入峨嵋闭关出成都作》《过龙门洞》《秋日四律步傅真吾先生原韵》《归雁》《乙酉岁晚于五通桥张怀恕宅》等。

12.《小说家的诗：自画像》，汪曾祺著，辽宁人民出版社于 2017 年 6 月出版。全书分为"新诗"和"旧体诗"两部分，收入目前发现的汪曾祺的所有诗作。这些创作时间跨度近 40 年的诗作，印证了一个大师级作家的文学追求，作品才思敏捷，意境高远，很多诗句清新可喜，堪称炼字炼句的典范。

13.《瓜饭楼诗词选》，冯其庸著，青岛出版社于 2017 年 5 月出版。本书主要收录了冯其庸先生历年来创作的诗词作品 300 余篇，其主要内容包括《登终南山送灯台》《终南怀旧》《感事》《感事寄古津》《哭周总理》《黄山歌》《寻梦》等。

14.《李景煜诗文选》，李景煜著，杨宝康编，云南大学出版社于 2017 年 6 月出版。本书所有材料，主要取自李景煜先生著作的《西河诗文集》《西河诗文续集》和他的最新作品。分三个部分：第一部分是诗联之部，又分为古风歌行、杂诗、诗友赠诗、亲友书赠诗文、续弦花絮、亲情篇、楹联七部分内容；

第二部分为散文之部,含序跋、祝寿词、杂文、祭文四部分内容;第三部分为附录,为作者的其他文章汇集。

15.《医林漫步》,唐加征著,吉林文史出版社于2017年3月出版。本书以诗词歌赋的形式记录了作者从1952年至今60多年的人生历程,内容涵盖除害灭病、血防查治、防疫卫生、高山采药、湖区灭螺、中西结合、内外妇儿、临床科研、改革创新等方面。

16.《冷暖室别集》,黄天骥著,中山大学出版社于2017年5月出版。本书是作者在学术研究之余,将历年所撰写的碑铭、诗词和部分对联集结而成的一本作品集。碑铭部分有50多篇,以20世纪80年代初的《梁銶琚堂记》为开端,多用浅近的文言写成,相当一部分是与中山大学的建筑有关。除中大校内的碑记外,作者还应邀承担了省里市里的一些碑传的撰写。由于撰写的对象与作者的心境有别,因而风格各异。碑铭之外,诗词创作更是作者的本色当行,歌行体尤有气势。另外,为了更适应当代的阅读习惯,同时更便捷地反映现实,作者后来将擅长的歌行化为组诗组词。像长江水灾,汶川地震,澳门回归,甚至春运等,都各有长篇组诗予以生动而深刻的表现。而一些抒情小诗,也写得轻倩而饶有风致,读来令人心有感触。如《随季思师游武汉东湖》写师徒之相得:"潋滟湖光暑尽消,芰荷香影引轻桡。忽闻花外啼声脆,老凤将雏过小桥。"楹联部分,多具有实用的功能,但在作者笔下不仅对仗工致,内容更是别具匠心。本书有助于读者从另一个方面了解中大的历史文化,了解广州的历史文化和风土人情。

17.《春草吐翠》,王中春、王洪滨著,宏伟区诗词楹联协会编，黑龙江人民出版社于 2017 年 3 月出版。《春草吐翠》诗集由宏伟区诗词楹联协会出版，作者是农民王中春、工人王洪滨，是一部名副其实的工农诗集、草根诗集，具有划时代的意义。王中春自学成才，被邻居们称为"羊倌文曲星"。"铁匠诗人"王洪滨曾成立诗社，主编过《韵绕南源》等四部诗集。

18.《梁守中诗文集》，梁守中，广东人民出版社于 2017 年 4 月出版。本书为广州市人民政府文史研究馆已故馆员梁守中的诗文选。选录他的诗词遗作和在各类刊物上零散发表的论文、随笔、书评。

19.《夕阳余韵——双起白话律诗选》，刘双起著，华龄出版社于 2017 年 2 月出版。本书共遴选包括格律诗、词、古风和自由诗等各种体裁在内的诗词 600 余首，包括五言绝句 11 首、五言律诗 100 首、七言绝句 100 首、七言律诗 300 首等。本书诗句幽默，明白如话，却又不违格律；内容丰富，多彩，而且紧贴现实，唱响主旋律。

20.《亭园诗韵》，张金孝著，哈尔滨出版社于 2017 年 4 月出版。主要内容包括《序诗》《亭园广场》《如意湖》《月老广场》《沧浪亭》《道山亭》《鹅池碑亭》《濠濮亭》《荷风四面亭》《清介亭》《兰亭》《陶然亭》《饮绿水榭》《影香亭》等。

21.《晚晴集》，之承著，宁夏人民出版社于 2017 年 4 月出版。收录了作者近些年所写的近体诗 300 余首，分塞上杂咏、游踪萍影、凤城掠影、情韵流长、叙事述怀、故乡印象等六辑，叙写了作者对故乡宁夏的热爱、对家乡美景的赞美、对骨肉亲情的珍惜。同时，书中还收录了作者收藏的部分明清书画。

22.《燕南诗稿》，刘江平著，山西人民出版社于 2017 年 6 月出版。本书是作者精选近年来所作诗词作品而成，既有年轻时壮怀激烈的洪钟大吕之作，又有夕阳晚岁时的悠悠诗情。对诗歌的执着、对生活的热爱是其作品的主旋律。作品格调高雅，具有较高的欣赏和艺术价值。本书收录了《咏元曲作家》《中秋节》《清明抒怀》《山居》《踏雪吃茶去》《梅园晨曦》《丁亥贺岁》《登太白山》《游秦淮河》等诗词。

23.《王中年诗书画三绝（上）》，王中年著，辽宁美术出版社于 2017 年 9 月出版。本书为作者数十年来国画、书法及诗歌三绝合集。作者以写生为基本素材创作国画，并以真、草、隶、篆不同书体书写了为这些国画所作的律诗。

24.《心花韵语——格律诗词选择集》，李邦政著，中国电影出版社于 2017 年 1 月出版。本书分为山河揽胜、岁月有痕、同窗情谊、时事感叹、竞技风采、人物吟咏、异域观瞻几部分，主要内容包括《南乡子·初春雨时》《巫山一段云·襄阳荟园春日吟》《鹊桥仙·洱海一瞥》等。

25.《岁月诗痕》，唐之享著，岳麓书社于 2017 年 1 月出版。《岁月诗痕》作品题材广泛，内容丰富，时间跨度长达 56 年。所收诗词 243 首，或记录时代风云，感喟沧桑巨变；或描绘山川景物，激发爱国情怀；或缅怀先贤志士，抒发豪情壮志；或撷取工作点滴，讴歌改革开放；或摹状生活情趣，歌咏美好生活；或遥忆旧时情谊，思念亲人朋友。文笔质朴，感情丰沛，是一部"诗言志，歌永言"的佳作。

26.《草漭诗词》，高世英著，阳光出版社于 2017 年 2 月出版。《草漭诗词》是作者首部自选格律诗词集，共 800 首，分四部分：

律诗、绝句、词、其他诗体。内容涵盖乡愁亲情、江山览胜、时评感怀、酬唱应和四类。不逞华丽，或俗或雅，皆发于心。常平者，淡若冽泉飘云；工俊者，美似曲径鸣莺。

27.《刘中光的诗书画艺术》，刘中光著，湖南美术出版社于 2017 年 2 月出版。本书收录刘中光的诗、书、画作品约 100 件，从不同侧面反映了作者的艺术造诣和追求。主要内容包括著名诗人丁芒为刘中光山水画册题跋、《乡关何处——刘中光山水画读后》等。

28.《寸进集》，郑欣淼著，中国文史出版社于 2017 年 10 月出版。本书分五个部分，分别为政策研究、文博研究、故宫研究、鲁迅研究、诗词研究等五个方面，各选数篇有代表性文章，以期呈现作者在该领域的研究状况，同时收录了作者有代表性的诗词曲作品选。从中庶几可见作者学术探索、工作研究以及诗词创作的大致面貌，也是作者过往踪迹的一个反映。作者书斋名"寸进室"，表明作者遵奉脚踏实地、一寸一寸、一步一步前进的古训，坚持学问贵在积累的理念，遂借室名，把文集取名为《寸进集》。

29.《龙鼎放歌》（三集），郑德忱著，吉林大学出版社于 2017 年 3 月出版。本书是作者的第三部诗词楹联集，书中收入散文、小说、随笔 16 篇，336 首诗词和 420 副对联。共分龙鼎留痕、诗风词韵、对友联谊、诗评文论四部分。本书接地气，有温度，透过作品，可使人感受到作者对中华民族传统文化的由衷热爱、对传承传统文化的自觉担当、夫妻的相濡以沫之情及作者对孝悌文化的身体力行。

30.《姚爱文诗联书法作品集》，姚爱文著，现代出版社于

2017年6月出版。本书是姚爱文老先生诗联、书法作品集。他的书法作品造诣深厚，笔墨遒劲有力，格调端庄古朴；他的诗联、随笔内容多贴近生活，紧跟时代，弘扬主旋律，传播正能量，极富感染力，展示了新时期老年人的精神风貌和阳光心态。

31.《清谭夕韵——佘国平诗画集》，佘国平著，华东师范大学出版社于2017年3月出版。本诗画集收集了作者早年的绘画习作和退休后创作的诗词。绘画作品既有油画风景写生，也有静物素描和钢笔风景画。诗词部分涉及多个领域，有近体诗、词作，也有现代诗。部分诗词为题画诗，以抒发作者忆旧情怀。其他诗词系作者近两年新作，作品情真意切，画面感强，富含意蕴，体现了作者虽退休而笔耕不止、诗意盎然的雅趣。

32.《垦丁集——词志心诗映自然（四）》，李崴著，花城出版社于2017年5月出版。本书选取自作者2014—2015年间的作品，包含旧体诗词、现代诗、对联、歌词等计200余首，配上作者自己环游世界摄制的景物美图，精选结集成为一本精美的图文书。其文字主要记录他丰富的生活阅历，叙述自己的感想，内容涵盖面广，博闻多识，用词雅而到位，文采隽永。

33.《我在秋声里踱躞——刘天仁诗词集》，刘天仁编，知识产权出版社于2017年7月出版。本书主要是作者根据日常所见、所感、所想而创作的诗词。主要包括四个部分。第一部分为"新歌荡漾"，属于新体诗，是作者根据各种景色创作而成；第二部分是"古韵悠扬"，属于律诗，基本也属于借景抒情；第三部分是"合音萦绕"，是作者根据古词牌创作的词；第四部分是作者创作的一些小散文。全书内容都是对景物的描写，表达了作者积极、乐观、向上的生活态度。

34.《心素集》，张广明著，中国铁道出版社于 2017 年 3 月出版。《心素集》为一部旧体诗词集，由四部分组成，分别为：感时感事、烟景撷珠、情丝情思、芸窗词笔，共收录了作者从自己多年来所创作的诗歌中精选出的旧体诗、词 140 余首。诗歌文字优美，对仗工整，抒发了作者对人生积极向上的憧憬，对大自然伟大之处的敬畏之心。

35.《诗词吟赏集》，邓成龙著，宁夏人民出版社于 2017 年 12 月出版。本书按诗词内容分为五个部分：格律诗词、组诗行吟、宁夏放歌、红色记忆、华夏纪行，共有 270 余首。从分类题目上看，题材广泛，特色鲜明，都有一个吟唱的侧重点。除 57 首格律诗词所包括的内容相对繁杂一些以外，其他作品多以古风的形式出现，语言流畅，自然平实，自由奔放，不受格律的限制，表达感情也比较到位。诗词写得真切、朴实，既有格律诗的规范却不失灵动，又有古风体的自由洒脱但更抒情。"组诗行吟" 83 首，通过写实写史、写人写事，艺术与思想相结合，勾勒出一幅幅从军出塞、西行雪域、地质勘探、石化企业、煤矿群英、岩画风光的大型画卷，涵盖作者人生成长的印迹，包括个人丰富的阅历、对事物的认知、对人生的感悟、对山水的情怀等。"红色记忆" 组诗 22 首，作者沿着革命先辈开辟的红色道路，从井冈山、六盘山到宝塔山，不忘革命初心，体验伟大的长征精神；缅怀抗日先烈，追念民族英雄杨靖宇、赵一曼；献礼中国共产党的生日，盛赞 "九三" 阅兵，等等。"华夏纪行" 组诗 43 首，主要是作者游历祖国大好河山创作的诗词作品。诗词格调高昂，意气豪迈，语言质朴。另外，《诗词吟赏集》收录文章 13 篇，9 篇是有关毛泽东诗词研究的，视角独到，很有见解，是宁夏研究毛泽东诗词的主要成果。

36.《心镜集》，单成繁著，中国铁道出版社于 2017 年 1 月出版。本书为一部旧体诗歌集，共收录作者精选的旧体诗词 200 余首，具有较高的思想性和艺术性。共分为四个部分，分别是第一辑"造化之美"，第二辑"行者无疆"，第三辑"悠悠往事"，第四辑"世事感怀"。

37.《歌且逍遥——祁海平诗词选》，祁海平著，广西师范大学出版社于 2017 年 6 月出版。本书收录了作者创作的诗词近 200 首。作者以画家的眼光观察现实生活，既以传统诗词为载体，又有别于一般传统诗词，创作了视觉形象鲜明的诗词作品，体现出"诗中有画"的意境，同时表达了当代人的内心感受，具有一定的个人特点。另外，作者根据阅读节奏配上插图，使读者阅读起来更加轻松愉悦。

38.《清风弄月——赵家镛诗词选》，赵家镛著，西南交通大学出版社于 2017 年 5 月出版。本诗集收录作者写的各种体裁诗词近 500 首，分为三编。第一编"论语·解啐"，第二编"龙吟长空"，第三编"溅玉飞珠"。第一编计有格律诗 226 首，后两编计有四言诗 2 首、五绝 38 首、五律 7 首、七绝 158 首、七律 15 首、词 22 首、散曲 2 首、杂诗 2 首、古体诗 1 首、课文诗 14 首、现代诗 2 首。另外收录了家训格言 2 则、对联 14 副、祭文 1 篇。作品体现了作者"因事而作、缘情而吟、意气并重、浸润初心"的文学观。

39.《清啸集》，竺国良著，上海三联书店于 2017 年 1 月出版。为旧体诗集（近体和古体），内容为游历祖国河山之作，也有少量国外旅游题材；对人生和生活的体悟也是诗作的另一部分。

主要包括《儋州东坡书院》《文昌东郊椰林》《登海口火山地质公园》《三亚西岛》《三亚三角梅》《七十年代初之一梦》等。

40.《沁园吟草》，李旭元著，华中师范大学出版社于2017年3月出版。本书为李旭元先生的个人诗词集，共收录其40余年来所作诗词890首。这些诗词是他从自己数十年来创作的千余首诗词中拣选而来，充分展现了其诗词创作的成长历程。

41.《丝路寻踪》，桂维民著，石春兰摄影，西北大学出版社于2017年1月出版。本书共收录了120多首诗词和15篇随笔，是作者桂维民历时24天驱车25000余里，沿丝绸之路长安天山廊道的路网（中国段）悾偬前行、遍寻古迹、且行且吟所留下的一路诗与画的吉光片羽。内容包括《麦积烟雨》《马超龙雀》《武威文庙》《甘州湿地》《峡谷奇观》等。

42."宁静轩集·环保专辑"，郭纹铭、郭思言、郭易林著，吉林人民出版社于2017年1月出版。计有十五卷，卷一"美丽中国篇"，卷二"自然生态篇"，卷三"二十四节气篇"，卷四"花鸟世界篇"，卷五"江山岁月篇"，卷六"环保先贤篇"，卷七"大美乡畴篇"，卷八"保护生态篇"，卷九"绿色生产消费篇"，卷十"环保法治篇"，卷十一"向污染宣战篇"，卷十二"环保人情怀篇"，卷十三"红霞满天篇"，卷十四"环保和反腐论文篇"，卷十五"诗词要韵篇"。

43.《好风景集》，徐永清著，社会科学文献出版社于2017年5月出版。本书选收作者近年创作的400多首诗词，分为赏山水、披襟怀、眷花木、纵年华、惜因缘、悠天下六个部分，抒发了作者对山水美景、名刹古寺的赞美，对家国天下的豪情，对花草树木的眷恋，对光阴流逝的感悟，对亲朋好友的痴情，以及对域外风物的歌吟。立意较高,情感充沛。

44.《半歌云水半观山——柯国华诗词选》,柯国华著,华中师范大学出版社于 2017 年 6 月出版。本书精选作者多年创作的诗、词、曲近 200 首,题材广泛,内容丰富。主要内容包括《暮春怀旧》《乡间遣怀》《舍下偶得》《秋》《夜饮醉咏》《黄昏遣兴》《月下感怀》等。

45.《后觉吟草——王国强诗词选编》王国强著,北京理工大学出版社于 2017 年 3 月出版。是编共收集了作者多年在生活中创作的近 300 首诗词,这些诗词或有感而发,或触景生情,皆反映了个人人生之感悟、情怀,是真实的感情流露,是真诚的内心独白,是蹉跎岁月的积累,是多彩人生的浓缩。

46.《为诗放歌》,欧阳龙贵著,宁夏人民出版社于 2017 年 8 月出版。本书分现代诗、格律诗。现代诗有《我是风,轻轻地吹》《桃花梦中笑》《我是你思念的雨》《诗歌中的我》《咳嗽的冬天》《大寺诗情》《动物诗》《故乡记忆》《有的人》等;格律诗有《咏鲁迅》《悬崖松》《秋寒》《桃花诗情》《踏春》等。该诗集里的诗,表现了作者对社会、历史、生命及对古今人物、家乡、现实和情感的感悟与思索。

47.《丹崖清韵》,赵大良著,作家出版社于 2017 年 5 月出版。本书收集了作者自 2003 年 1 月到 2016 年 11 月之间创作的旧体诗词和少量自由诗,作品达 1000 余首,时间跨度 14 年之久。其中,近几年的作品尤丰。作品按时间排序,宛如一本个人的人生日记,记录了作者的所思所想、喜怒哀乐以及对山川草木、花鸟情趣、风云雨雪的体悟,思之所能、目之所及、情之所动、心之所往皆留于笔端。尤其是 2015 年 7 月到 2016 年 7 月,作者在深入滇西农村挂职乌邑村党组织书记其间，经历丰富，情景交融，多有记录。本书不仅可供诗词爱好者阅读参考，也可了解作者对世界、对人生的感悟和诠释。

48.《逝影冰山》，陈平沙著，现代出版社于2017年3月出版。本书是一本文学作品综合集，收录了作者近年来创作的部分诗歌、散文、随想、杂文、时评、书法等作品，分为现代诗、古体诗词、散文、小说、摄影书画五部分。体裁多样，内容丰富，整体记录了作者对生活的感悟、对人生的感知，展示了真实的自我。书中诗作情感丰富，语言自然平实，文字清丽灵动，部分作品配以优美的图画，温婉清新，给读者以阅读的享受。

49.《雪川诗文集》，薛顺名著，上海科学技术文献出版社于2017年1月出版。《雪川诗文集》套装两册，分别为《心空回声》和《风影云踪》，收录薛顺名先生诗歌散文作品200余篇。两册都由四部分组成，《心空回声》包括忆海潮汐、灵台探踪、偶感拾零、后记；《风影云踪》包括山水寄怀、四季风物、随感唱赋、后记。

50.《天涯梦回——海岁诗词》，余海岁著，作家出版社于2017年7月出版。本书是世界著名岩土力学和工程专家余海岁的诗词集，收录了其5年来所创作的全部诗词。此次出版的诗词作品分为四辑：第一辑"天涯古绝"收录五言、六言、七言古体绝句108首；第二辑"七言律绝"收录七言律体绝句19首；第三辑"南乡词"收词42首；第四辑"现代诗页"收录创作新诗9首。本书写一个游子从"忆"到"回"，用30年的光景去抒写"灵梦的追忆"与"心空的天涯"。30年来，远离故国，学游天下，漂泊于海角天涯，羁旅之感、亲友之思、乡关之情，集聚心间。

51.《新疆诗稿：丝路新貌与西域故事》，赵安民著，中英文对照版，美国克鲁格出版社与中国新疆文化出版社于2017年10月联合出版，美国发行。2015年中国书籍出版社出版同名简体汉字版，是作者2012年援疆挂职时所作的用传统诗词形式讲述"一带一路"精彩故事的、反映新疆新貌与西域历史的专题诗词集。卷上"天山放歌"写作者新疆挂职时见闻感想，多写景、记事、咏怀之五七言律绝及词作；卷下"西域叙事"是关于张骞、法显、玄奘、岑参、林则徐等人西域探险的11个专题的五七言长篇叙事诗。其中部分作品登载《新疆日报》《中华诗词》《诗刊》《新疆文艺界》等报刊，其评论或书讯见刊《新疆文艺界》、《诗刊》、《中华诗词》、《人民日报》（海外版）等报刊。中英文版系从中选择40多首诗词英译而成。

52.《雪赢乾坤——天唐诗词文集》，天唐著，宁夏人民出版社于2017年6月出版。收录了作者多年来创作的140首诗词、24篇散文，其中多数均已在报刊上发表。该作品集由五个部分组成，第一至第四部分为诗词，按时间排列；第五部分为散文。内容多写景，抒发对家乡、对祖国的热爱之情。

53.《至乐斋诗抄》（第三部），殷雄著，新华出版社于2017年1月出版。本书是一部诗词汇编，以旧体诗词为主。作者用诗词的形式把自己工作和生活中的人和事及一些独特的感受表达了出来。一是写其经历，二是表其为人，三是展其胸怀、情操、世界观及方法论。全书分上下编，内容涉及人物、历史、友情和亲情、景观环境、记事、杂感等。诗词韵律优美，给人以美的享受。

54.《生一斋吟稿——谢保国诗作集》，谢保国著，阳光出版社于 2017 年 5 月出版。收录谢保国 53 年来所写的 1007 首诗，书写了华夏大地的文物古迹、英雄人物、值得颂赞的帝王将相、名垂千古的文学大家，还有家乡故土、亲朋好友等。

55.《学诗记》，褚建君著，复旦大学出版社于 2017 年 1 月出版。《学诗记》为作者学习格律诗写作的文本记录，收录"我的心得""我的诗词""我的文章"等三部分围绕旧体诗（包含若干首词）创作的诗作及文章。其中，"我的心得"记录作者在创作过程中的体会和诗词写作的一般规律；"我的诗词"是其诗词创作的作品；"我的文章"则是其发表于《新民晚报》国学论坛上的有关诗词的若干文章。

56.《边疆行吟集——援疆干部原创新边塞诗集》，高祥勇著，武汉出版社出版于 2017 年 2 月。本书主要内容包括援疆情怀篇、新疆印象篇、援友情深篇、招商之旅篇、吟冬咏雪篇、乡土乡情篇、思亲念友篇、多维心境篇、行走写意篇、写景纪实篇、别离将归篇、摄影作品、援疆足迹等。

57.《浮世风花——经济学博士的新古体诗》，陈赤著，四川人民出版社于 2017 年 1 月出版。本书是作者的第二部跨界之作，收录其创作的"新古体诗"200 余篇，旨在通过不受格律束缚，但言之有物、清丽自然的"新古体诗"创作实践，激发人们根据自己所见、所闻、所感创作古体诗的热情和兴趣，以承继中国作为诗的国度的文化传统。书稿中的诗作咏物言志，有情、有味、有韵，不乏为传统格律诗创新的一种尝试。

58.《古风荡漾——刘刚古体诗集》，刘刚著，四川人民出版社于 2017 年 5 月出版。本书分为纵情山水、诗咏四季、田园牧歌、人间真情、百味人生、家国情怀、关注民生、诗情画意等几部分，主要内容包括《光雾山十八月潭美景》《光雾奇景》《光雾山色》《米仓游》《十二月》《赏枫》等作品。

59.《诗上泉声》，梁骞著，山东画报出版社于2017年6月出版。本书主要内容包括《水调歌头·趵突泉》《五律·金线泉》《五绝·皇华泉》《五律·柳絮泉》《五律·卧牛泉》《采桑子·漱玉泉》《五绝·马跑泉》《清平乐·无忧泉》《七绝·石湾泉》等。济南素以"泉城"盛誉天下，被中外人士赞誉为"天下泉城""世界泉水之都"。作者以古典诗词的形式，盛邀书画篆刻名家，用诗书画印全方位、立体化、深层次、多角度来呈现七十二名泉，可谓前所未有，开宗立意，给人眼前一亮的视觉冲击力。

60.《谷雨——紫晨二〇一六诗词全集》，李辉著，中国社会科学出版社于2017年4月出版。收录了李辉教授（紫晨）于2016年创作的所有诗歌作品，包括词93首、曲16首、文言诗80首、白话诗51首，以及其子女创作并由其修改的诗作31首。在这些诗歌中，作者记录了一年中的工作、生活、游历，用诗的语言歌颂生活，赞美世界，宣扬大爱。在前言中，作者提出"诗歌是歌颂爱的"。本集中最精彩的部分是茶道和与民族史相关的诗歌。作者继承谈家桢院士的茶道兴趣研究，对茶气独到的分类和识别，并用诗歌颂扬了这一自然的馈赠和中华文化的精华。作者作为一位分子人类学家，用基因组信息探索中华民族的起源，发现了很多精彩的故事，也用诗歌记录了下来，并译成英文刊登在 Science 上。作者也尝试用格律诗词翻译外国经典诗歌，本集中有11种语言的诗歌被成功翻译成汉语格律诗词的形式,这种别具一格的翻译方式,是诗歌翻译中的一缕清流。

61.《明月印清潭——醉墨轩诗词》,韦松著,安徽师范大学出版社于 2017 年 1 月出版。本书是一本诗词鉴赏书,收录了作者 20 年来的精品诗词 100 余首,共分七辑。第一辑"多情执笔不成行",是情词,写给初恋的;第二辑"性灵文字成知己",写给朋友知己的;第三辑"天风万里少年游",是寄情山水的;第四辑"缤纷花雨已沾衣",吟咏花花草草的;第五辑"飘然入梦花一朵",写给他心中所思的;第六辑"书生气足终难弃",写书生意气,生活感悟;第七辑"天上人间未了情",写乡情亲情邻居同事情。每一辑,都乃用心用情之作,把对恋人、知己、朋友、家人、山水、花草、生活和自然的深情,在时光的平仄里,从心随吟。全书的诗词,或长或短,或轻盈或厚重,或婉约或洒脱,或明快或伤感,旷达中蕴含着丰富的情感。

62.《问鹧鸪》,千黛著,作家出版社于 2017 年 1 月出版。本书是一本女性气息浓郁的诗集,有旧体诗,有现代诗,注重个人在日常生活的瞬间感悟,注重人在自然环境中的身心安放,或者可以视为新时代的闺阁诗。收录的作品包括《问鹧鸪》《桂香韩文公祠》《可贵者胆》《题赠曦林先生水仙画诗》《天雨祭》《题金丝楠木书签并寄望女儿留学南飞》《秋思》《动如脱兔》《又见银杏》等。

63.《楠竹集》,屠珺楠著,燕山出版社于 2017 年 1 月出版。收进作者高中几年间写作的 200 多首古体诗,内容多是读书生活的感想,有读书随想,有看电视的感悟,有对同学的认识,有对生活的评价，等等。作者有一颗热爱生活之心，有一双观察生活的慧眼，用一支飞舞挥洒的彩笔，把生活中那不经意的一瞬化为感动人心的诗章。

64.《荒原》，北朔著，浙江文艺出版社于2017年2月出版。本书是一位充满才气的衢州二中学生的作品精选集，有玄妙诡异、直指人心的短篇小说，有情感璞真的散文，有守望古风、画面唯美的古典诗词，共24篇，7万余字。各篇有不同的背景、不同的题材：音乐奇才卡洛与杀手伊泽尔的爱情，庞涓与孙膑的情谊和仇怨，变身哑女的蝉，对来世的感想，等等。但相同的是华美文字间奇异诡谲的气氛，以及每一个深刻贴切的细枝末节，而这些最能体现作者的创作风格和优长，也反映了作者对现实生活的感悟。

65.《闫涛新韵诗词》，闫涛著，国际文化出版公司于2017年3月出版。本书收录了《重阳节思乡》《中年感怀》《醉色》《醉秋》《醉歌》《神韵》《秋雨叹》《秋雨诉》《夜静思》《颂张秋颖老师》《反腐勇士》等作品。

66.《野马文集·辙迹》，野马著，敦煌文艺出版社于2017年3月出版。本书分为古体诗、现代诗、随笔、小说几部分，主要内容包括《野马颂》《淡志铭》《路漫漫》《秋夜有梦》《隐客漫灵》《逸尘安世说》《秋初雷阵雨》《秋阳》等。

四、专著类文献提要

1.《民国词史考论》，曹辛华著，人民出版社于2017年4月出版。《民国词史考论》共十七章，在分别对民国词史的总体特征、民国词的群体流派、民国词社、民国女词人、民国词选、民国词话、民国词体理论等问题予以考论结合式研究的同时，还对与民国词史相关的词集文献整理、诗词结社文献整理、诗词学文献整理等做出了有开拓意义的考论，另对民国的词集序跋、词史论著、词集等目录与词人传记也做出了专门考索。书稿采取考、论结合的方式，目的是为更加细致、完善的民国词史做史料铺垫的同时，建构起全面而宏观的民国词史研究各项体系，由此从文献入手开拓包括民国词在内的各种旧体文学、文献与文化研究的新领域，也由此开拓近代文学、现代文学、当代文学研究的新领域。

2.《民国时期新旧文学关系散论》，尹奇岭著，中国社会科学出版社于2017年3月出版。本书将对新旧文学关系的考察植入立体的社会网络中，从晚清民初的启蒙思潮谈起，通过考察新旧文学与报刊市场以及旧体诗词的刊印传播，将社会生活新旧杂糅、交融互渗的复杂性展现出来。在此基础上，辨析了文言与白话、新文学与旧文学、传统与现代之间颇为复杂的关系。

3.《近代报刊与诗界革命的渊源流变》，胡全章著，北京大学出版社于2017年5月出版。该书基于原生态近代报刊诗歌诗话文献史料，通过对诗界革命的历史渊源、核心阵地、原初形态、地理版图、革新精神、多层意蕴、诗体风格、流变轨迹、诗人队伍、历史影响等方面的系统探研，重绘了诗界革命运动的政治、地理、文化、诗学、诗人版图，揭示出其多声复义的驳杂形态及其多元探索与试验，得出了诸多原创性观点，解决了此前学界或语焉不详、或尚无定论、或存在偏见、或史实有误的一些文学史问题,在整体意义上将晚清诗界革命研究推上了一个新台阶。

4.《近代报刊诗话研究(1870—1919)》,李德强著,上海人民出版社于 2017 年 12 月出版。本书以近代以来的新兴媒介——报刊为着眼点,第一次对近代报刊诗话的面貌进行了系统分析和深入探讨。作者翻阅全国各大图书馆所藏的 100 多种报刊文献,对 1870 至 1919 年间的 400 多种报刊诗话进行了研究。是书最大贡献在于梳理了报刊诗话的独特性,探讨了报刊诗话"喜新恋旧"的文学观,分析了报刊诗话的文化使命。

5.《民国教授与民国词坛》,李剑亮著,浙江大学出版社于 2017 年 10 月出版。是著从文献学、文艺学等维度,对民国教授的词创作与词学研究等领域的成就得失进行了深入而细致的探究。既注重词史文献资料的搜集与考辨,更强调词学理论演变的梳理与总结。一方面,尽量还原民国教授词创作的背景与过程,揭示近现代社会转型对文学变革的作用与影响;另一方面,客观评价民国教授在 20 世纪词学史乃至中国词学史上的地位与意义,为深化 20 世纪中国词学史研究提供有力的支撑和坚实的基础。

6.《苦水词人——顾随词集词作解析》,顾之京著,河北大学出版社于 2017 年 4 月出版。顾随是民国乃至 20 世纪中国最优秀的词人,自 1927 年起出版了旧体诗词集《无病词》《味辛词》《荒原词》《留春词》《霰集词》《濡露词》等。本书是作者对这几部词集的整体描述及对其重点词作的解析,对于广大读者了解、认识顾随的词作以及顾随本人具有重要价值。

7.《玉树临风——谢玉岑传》,谢建红著,上海书店于

2017年7月出版。本书为关于谢玉岑的较为全面的传记。玉岑嫡孙谢建红在充分掌握资料的基础上，以数年时间数易其稿终于完成，并附录玉岑诗文等文本资料，极有史料价值。

8.《吴宓和民国文人》，刘淑玲著，人民文学出版社于2017年2月出版。本书在历史长河的波澜起伏中解读吴宓的心灵与命运，同时兼及周作人、郁达夫、凫公、方玮德、林徽因、沈从文、施蛰存、穆旦、胡美琦、杨绛等。对于这些民国文人，"文化"是他们的安身立命之所，也是他们留给这个世界的关键词。

9.《晚清民初词体声律学研究》，昝圣骞著，社会科学文献出版社于2017年12月出版。词体声律学，即有关词体声律的学问或学科。本书尝试建构了词体声律学体系，剖析了词体声律学在晚清民初词坛得以繁荣的内外部动因和学理背景，梳理了它的发展脉络，发覆、重估了谢元淮、彭凤高、陈锐、徐绍棨、沈曾植等久不为学界所关注的词体声律学者的重要成就，补强了当前词学史研究的相应薄弱环节，有较高的创新性。

10.《中国诗法学》，易闻晓著，商务印书馆于2017年6月出版。中国诗法学的系统阐释对整个中国诗学具有扩大研究领域、完善体用系统结构的重要学术意义，本书研究正是期以建立中国诗法学的学理体系，显示建立一门之学的重要价值，并以创作学、哲学、考据学、语言学以及中西诗学理论的参照突破唐宋以降诗法讲求的范围，旨在建立开创性和开放性的阐释体系，并融通自《诗经》直至晚近的整个中国诗和诗学理论的历时性进程，建立诗法学的中国诗史和诗学史。

11.《器中有道——历代诗法著作中的诗法名目研究》，张静著，凤凰出版社于2017年7月出版。本书致力于总结与整理现存文献中的优秀诗法名目,以开发诗格、诗式、诗法等"边缘史料"的文献价值与理论价值,其主要内容包括《诗法的概念与辨析》《诗法名目与诗法体系》《结体法》《命意法》等。

12.《诗的八堂课》,江弱水著,商务印书馆于2017年1月出版。《诗的八堂课》以系列讲座的形式,征引古今中外的诗作与诗论,就博弈、滋味、声文、肌理、玄思、情色、乡愁、死亡等话题,就诗人写诗写什么、怎样写、如何读等问题来展开有意义也有意思的讨论。每一讲都以独具魅力的作品,用别开生面的分析,给读者感性与知性的双重满足,既能用于学诗入门,也可作为诗学进阶。

13.《诗词技法例释类编(上)》,陈一琴纂辑,生活·读书·新知三联书店于2017年2月出版。本书以诗征法,因法录诗,是一册诗词技法资料的专题类编。所谓技法,即通常所称艺术技巧、写作方法,这里特指古典诗词形式规范的基本表现手段。全书摘引书目700余种,搜集古今评家沿用或自立技法名目1000余种。

14.《诗教文化刍论》,孔汝煌著,华中科技大学出版社于2017年9月出版。该书是作者积多年对诗教文化理论与实践探索的结晶,古为今用,洋为中用,是一本兼具学术与普及性的论著。全书由六编十八章组成。第一编为诗教文化古今编,包括历史渊源、当代发展和当代诗教思想个案研究三章。重点关注了诗教的古今文化视野,讨论了传统诗教兴观群怨等支柱学说古为今用的当代认识,提出了当代大诗教以及"诗""教"和谐论等新观点。第二编为诗教文化本体编,包括诗教文化通论、本质是审美文化和对德育、创新以及人格化育的影响三章。

重点阐述了当代诗教的美育本体，强调了加强崇高美育的迫切性与现实性，提出了诗教文化育人的内在机制以及诗教培育创新等新认识。第三编为诗教文化功能编，包括诗教文化与人文通识、目标在立德启智以及途经育美而励人三章。重点说明了诗教文化如何从内部发掘其化育自律的动力，阐述了诗教文化是为素质教育服务的有效途径，提出了诗话形式、寻根之旅以及广义美育的人文教育等创新务实举措。第四编为诗教文化生态编，包括政治文化生态、校园文化生态与社会文化生态三章。重点讨论了诗教文化功能得以充分实现的外部文化生态条件，指出了诗教文化是事关全民素质教育的系统工程，相关认知多由作者亲历的实践调查引伸得出。第五编为诗教文化资源编，包括诗词艺术论丛（9篇）、当代诗人作品论与诗集序选三章。试图回答作为诗教文化载体与资源的诗词应有何种思想艺术品格，提出并论证了当代诗词尚智论等新观点。第六编为诗教文化传习编，包括诗词教学论丛（10篇）、当代诗人代表作评读选（20篇）以及诗词习作评改选录（20篇）三章。旨在为诗教文化教材编著、教学重点、教学范作与习作修改等诗教传习主要环节提供教学借鉴。

15.《填词基础知识与词例》，袁长立著，中国书籍出版社于2017年10月出版。由两部分组成。第一部分为填词基础知识，以此供词作爱好者用来选调、协律、推敲平仄，并详细介绍了词的起源、概念等基础知识，还就填词手法等做了详细说明；第二部分为作者依《中华新韵》，照《白香词谱》填词作品100首，并配有书画艺术家苏日升的书法作品，以供读者鉴赏和进行诗词创作时参考。

16.《填词与品词入门》,田松林编著,化学工业出版社于2017年1月出版。本书从对初学者实用的角度出发,选编了常见词牌105个,依照字数的多少,即小令、中调、长调列序,前面有词谱目录,便于查阅。

17.《杞庐诗话·杞庐诗词》,石鹏飞著,云南人民出版社于2017年1月出版。《杞庐诗话·杞庐诗词》是诗话体图书。首版于20世纪90年代出版,由赵浩如教授作序。此次再版将再添加三分之二内容,附上《古诗十九首今译》等作者新作。全书共分"杞庐诗话""杞庐诗词"两部分。

18.《诗话百则》,李梦痴著,武汉大学出版社于2017年3月出版。本书是作者个人多年的诗歌创作心得,属诗话类专著,共100篇,对古体诗歌的创作规律、审美品位、艺术鉴赏等方面进行了剖析和解读,具有强烈的个人经验特色。作者在书中阐述了自己学诗道路上的心得、体会,弘诗道,倡诗教,励诗心。

19.《瞿髯论词绝句》,夏承焘著,吴无闻注,中华书局于2017年8月出版。《瞿髯论词绝句》是夏承焘先生品评自唐教坊曲、李白至晚清朱彊邨、况周颐等历代重要词家、词派的一部名作,吴无闻女士作注释和题解,由中华书局于1979年3月初版,收诗82首。1983年2月再版,收诗增至百首。本次新版,据1983年再版本重予校排,订正了注解中少量史实、书名误记和引文失校之处。另据《月轮山词论集》(中华书局1979年版),收入《李清照词的艺术特色》《论陆游词》《姜夔的词风》三文作为附录,以便读者更好地理解夏承焘先生的词学观点。

20.《迦陵论词绝句五十首》,叶嘉莹、周东芬著,二十一世纪出版社于 2017 年 5 月出版。本书集合了叶嘉莹先生诗词研究的重要作品,是叶先生众多作品中非常有代表性的一部。梳理了中华古典词的具有代表性的作家,用七言绝句的形式言简意赅地概括了作家作品的特点和地位。为了方便读者理解,北京大学程郁缀教授对原来的注释进行了部分删节,更适合青少年阅读。

21.《珠吟玉韵——诗词曲审美》(修订版),欧阳代发、李军均著,科学出版社于 2017 年 10 月出版。本书由 37 篇专题性的文章构成,主要从艺术演进、趣味与品性、构思与创作技巧、自然与人生四个主题呈现中国古代诗词曲的艺术,每篇文章既有提纲挈领的分析,也有对具体作品的品鉴,因而每篇文章不仅勾勒出诗词曲某一方面的整体特质,也在具体作品的比较分析中呈现了诗词曲特质的幽微。同时,每篇文章既独立成篇,又上下勾连为一体,兼顾了整体与细部的关系。本书兼顾学术性与趣味性,不求尖新,但求在平实中阐发诗词曲的艺术,是喜爱中国古代诗词曲者进入诗词曲国度的敲门砖。

22.《启明星在闪耀——胡永明诗书评论集》,舒爱萍编著,中国文联出版社于 2017 年 2 月出版。全书共分三集,另有附录。第一集是诗评部分,第二集是书评部分,第三集是综评部分。此书收入了我国诸多诗人、作家、文学评论家等对胡永明诗、书的评论文章等珍贵资料,这些大家、名家等撰写的文章和所做的发言也是他们关于诗歌创作、诗歌研究、诗歌评论等方面的真知灼见,对诗歌乃至文学事业的发展进步都具有普遍的指导意义。

23.《恪守初心——为了自己而远行》,郭梓林著,当代中国出版社于 2017 年 9 月出版。《恪守初心》是一部以北京大学公益讲座为中心的随笔及诗词合集。全书分为"说与做""诗与词"上下两篇，共有随笔 43 篇，诗词 59 篇。主要内容是北京大学公益讲座相关活动过程中的感想和体会，既是作者修养身心的成果，也能给他继续从事公益讲座事业的动力。真实朴素的语言传达了作者的人生感悟，体现了北京大学公益讲座"文以载道、美文传道、以文修身"的理念。

24.《诗化留痕》，张嵩著，宁夏人民出版社于 2017 年 12 月出版。本书记录了作者从事诗的创作、对诗的理解及对其他事物感悟的痕迹，主要内容有诗评、诗序、诗外、编余等。

五、集刊类文献提要

1.《民国旧体文学研究（第二辑）》，曹辛华主编，国家图书馆出版社于 2017 年 7 月出版。继《民国旧体文学研究（第一辑）》后，《民国旧体文学研究》又出版了第二辑，主要内容包括"民国诗词研究专栏""龙榆生研究专栏""民国文章学专栏""话体文学批评专栏""民国古代文学研究专栏""新旧文学比较研究""民国旧体文学文献""年谱·传记""民国文献数据库研究""杂缀""学坛通讯"等。《民国旧体文学研究》昭示了民国诗词学研究、民国旧体文学研究的广阔前景，预示着包括民国诗词学在内的民国旧体文学将是新世纪新的学术热点。

2.《夏承焘研究》(第一、二辑)，乐清市社会科学界联合会、中国夏承焘研究会（筹）编，线装书局于 2017 年 7 月出版。

该书汇总结集历次夏承焘研讨会论文,编为两辑。以2010年9月全国第二十四届(浙江乐清)中华诗词暨夏承焘、吴鹭山先生学术研讨会与2012年首届全国夏承焘学术研讨会论文合编为第一辑,计36篇。以2015年第二届全国夏承焘学术研讨会论文合编为第二辑,计31篇。各辑论文排序大体以作者生年先后为准则;同一作者有两篇以上论文的,以提交先后为序。又以三次研讨会的"综述"代序,盖三篇"综述"不唯摘引中肯,点评中綮,且能综概全貌,提炼成果,贯通历年夏承焘研究之脉络,堪做阅读先导,兼能启发今后之研究方向。

3.《新文学评论》(二十一、二十二、二十三、二十四),黄永林、阎志、张永健主编,华中师范大学出版社分别于2017年1月、6月、9月、12月出版。《新文学评论》为新文学学会主办的文学评论集刊,于2017年先后出版了四辑。第一辑包括"作家语录""文学新势力""诗人档案""新文学史家访谈录""首届网络文学评论大赛征文""湖北文坛微观察""批评前沿""中国现当代旧体诗词研究""湖北文坛微观察""刘醒龙研究专辑(七)"等部分。第二辑包括"卷首语""作家语录""重审第八届茅盾文学奖""诗人档案·食指""新文学史家访谈录·黄修己""未明论坛·历史叙事的反思""中国新文学学会第27届年会论文选载""名家序跋""中国新文学在海外""中国现当代旧体诗词研究""学术交流"等。第三辑包括"作家语录""文学新势力""诗人档案""新文学史家访谈录""21世纪中国诗歌论坛(二)""中国现当代旧体诗词研究""湖北文坛微观察""学院风骨"等部分。

4.《诗国——华语诗词丛刊·〈诗国〉特辑》卷二、卷三,易行主编，中国书籍出版社分别于 2017 年 1 月、3 月出版。《诗国特辑》，依《中华人民共和国国家通用语言文字法》关于"汉语文出版物应当符合国家通用语言文字的规范和标准"，倡导以国家通用语言即普通话（又称现代汉语或华语）创作诗词，既坚持诗韵的"知古倡今"，又坚持诗律的"求正容变"。用稿坚持"三为主"：一以选编国内诗词报刊发表的作品为主；二以选编格律体诗词曲与新古体（自律体诗词曲）为主；三以作者自选自荐为主。继 2016 年 12 月出版卷一后，又于 2017 年出版了卷二和卷三。卷一分为八编，分别为：特载、专稿、写在长征路上的英雄史诗、十将军书开国元勋诗二十五首、写给六位时代楷模的诗词礼赞、诗国百家歌山咏水颂中华、诗国论坛、诗国人物。卷二分为七编。分别为：特载、专稿、中华人民共和国六十年来正声遗韵、中华诗词近十年创作成果、焦裕禄精神诗书画作品选、诗国论坛、诗国人物。其中，"六十年来正声遗韵"编载现当代五十二位学者或文学家的诗词作品。卷三分为八编，分别为：特载、专稿、毛泽东诗词手迹选刻二十四篇、刻在黄河诗墙上的壮丽诗篇——感天动地的革命烈士诗、诗国百家歌山咏水颂中华、诗国诗社诗选、诗国诗坛、诗国人物。

5.《诗说中华（第一辑）》，陈义隆著，上海大学出版社于 2017 年 8 月出版。作者以中国古代（从远古到唐代）历史为创作题材，以七言诗为主，辅以词作，用简洁的诗词语言来概述纷繁复杂的重大历史变故，使诗作从碎杂的闲吟抒怀转为集中叙事壮志，增强民族凝聚力。内容包括《长夜漫漫亿万年》《盘古开天双辟地》《女娲造人再补天》等。

6.《中华诗词研究（第三辑）》，中华诗词研究院、复旦大学中文系编，中国出版集团东方出版中心于2017年11月出版。该丛书"立足当代，贯通古今，融合新旧，兼顾中外"，在第一辑、第二辑出版后，获得创作界与学术界诸多好评。第三辑从中华诗词研究院与复旦大学中文学科近几年各自主办或联合主办的会议论文中遴选二十一篇，分列于"热点聚焦""诗史扫描""诗学建构""诗教纵横""域外汉诗"五个栏目，集中对近一百多年的诗词理论与创作进行深度阐释与研究。

六、期刊类论文目录

（一）作家研究

1. 曹应旺《毛泽东陈毅诗心相通》（《党史博采［纪实］》2017年第5期）

2. 陈丽丽《曾迺敦及其〈中国女词人〉》（《古典文学知识》2017年第2期）

3. 陈松青《易顺鼎的词论与词艺——兼论其与清末词坛的关联》（《文艺理论研究》2017年第4期）

4. 陈卫《旧新间的彷徨：论鲁迅的诗》（《长沙理工大学学报（社会科学版）》2017年第1期）

5. 陈旭鸣《刘毓盘的金元词研究》（《泰山学院学报》2017年第1期）

6. 仇俊超《吴梅的金元词研究》（《泰山学院学报》2017年第1期）

7. 董赟《胡适对黄庭坚白话诗人身份的确认与阐释》（《江

西社会科学》2017年第9期）

8. 高继海《王国维的词评与词作》（《河南大学学报［社会科学版］》2017年第3期）

9. 梅向东《王国维词学的周邦彦情结》（《集宁师范学院学报》2017年第5期）

10. 姚臻《王国维文学观中优秀创作者具备的条件分析》（《太原城市职业技术学院学报》2017年第5期）

11. 张正线、阮崇友《王国维境界论与中国传统意境论》（《牡丹江大学学报》2017年第12期）

12. 陈舒楠《始于诗，止于法——简析星云大师诗论特色》（《贵州文史丛刊》2017年第3期）

13. 顾一凡《论夏承焘词学观对其词体创作的影响——以〈瞿髯论词绝句〉为中心的考察》（《闽西职业技术学院学报》2017年第4期）

14. 梁鸿《吴佩孚诗书画艺初探》（《河南科技学院学报》2017年第5期）

15. 胡迎建《论民国时期国民党人的旧体诗》（《厦门广播电视大学学报》2017年第1期）

16. 蒋成德《郑子瑜先生的郁达夫旧体诗研究及其贡献》（《语文学刊》2017年第3期）

17. 李允霖《顾随论陶渊明杜甫之比较》（《文学教育［上］》2017年第2期）

18. 刘文艳《赤子丹心铸诗魂——记诗人革命活动家夏明翰》（《衡阳通讯》2017年第8期）

19. 刘中文《汪精卫之陶诗理论发微》（《苏州教育学院学报》

2017 年第 4 期）

20. 龙扬《黄遵宪与粤派批评》(《志粤海风》2017 年第 1 期）

21. 马强《叶恭绰词学述论》（《南阳师范学院学报》2017 年第 7 期）

22. 孙文周《论吴虞的诗词学观念》（《南京师范大学文学院学报》2017 年第 1 期）

23. 孙莹莹《论南社学者古直的古典诗学研究》（《汕头大学学报［人文社会科学版］》2017 年第 12 期）

24. 王丰玲《论民国诗人邓缵先及其边塞古体诗》（《新疆广播电视大学学报》2017 年第 1 期）

25. 王人恩《冯其庸与杜甫小议——为哀悼冯其庸先生而作》（《红楼梦学刊》2017 年第 4 期）

26. 席志武、赖旭华《诗界革命语境下的梁启超诗歌创作》（《中国韵文学刊》2017 年第 3 期）

27. 赵忠敏《梁启超词学思想特点探论》(《五邑大学学报［社会科学版］》2017 年第 3 期）

28. 王纱纱《论彊村词人群体的形成》（《泰山学院学报》2017 年第 4 期）

29. 夏明宇《词学大师唐圭璋的文化使命》（《群言》2017 年第 2 期）

30. 徐晓红《从新发现的两篇佚作论施蛰存早期创作》(《中国现代文学研究丛刊》2017 年第 6 期）

31. 昝圣骞《论民国词人郭则沄与京津词坛》(《江海学刊》2017 年第 2 期）

32. 张元卿《刘云若诗歌论》（《苏州教育学院学报》

2017 年第 1 期）

33. 赵家晨《论胡先骕的词学批评——兼评其文化民族主义倾向》（《九江学院学报［社会科学版］》2017 年第 2 期）

34. 赵家晨《朱祖谋流寓江南与同光体诗派词风的流变》（《西南交通大学学报［社会科学版］》2017 年第 6 期）

35. 庄希祖《情迷画书印，心嗜论诗文——倪悦其人其艺》（《荣宝斋》2017 年第 7 期）

36. 彭玉平、邓菀莛《学脉与文风的传承——彭玉平教授治学访谈》（《天中学刊》2017 年第 4 期）

37. 彭玉平、彭建楠《其实就一读书人——彭玉平教授学术访谈录》（《玉林师范学院学报》2017 年第 1 期）

38. 吴庆丰《著名古代诗文研究专家彭玉平教授》（《玉林师范学院学报》2017 年第 1 期）

（二）作品研究

1. 程露《清末民初"航海诗"的特征及其现代性——以广东文人黄遵宪、梁启超、丘逢甲为例》（《广东开放大学学报》2017 年第 5 期）

2. 周军《水族诗人潘一志旧体诗写作及其意义》（《民族文学研究》2017 年第 6 期）

3. 陈海银《论赖少其题画诗的思想意蕴和艺术特色》（《宿州学院学报》2017 年第 9 期）

4. 陈一言《朱庸斋〈分春馆词〉艺术特征研究》（《现代语文［学术综合版］》2017 年第 2 期）

5. 戴欢欢《周天麟〈水流云在馆集杜诗钞〉的风格特色》

（《盐城师范学院学报［人文社会科学版］》2017 年第 3 期）

6. 戴新月《颜色词在古典诗歌中的作用——以梁启超诗歌为例》（《泰山学院学报》2017 年第 2 期）

7. 戴勇《论诗坛耆老的旧体诗作精神特征——以〈中华诗词〉中〈耆旧遗音〉栏目为中心》（《哈尔滨学院学报》2017 年第 9 期）

8. 杜运威《论仇埰抗战时期词》（《南京师范大学文学院学报》2017 年第 3 期）

9. 何世进《学杜宗唐老更成——读张天健的格律诗兼及词》（《阿坝师范学院学报》2017 年第 1 期）

10. 黄春梅《郭笃士题画诗的艺术内涵探析》（《五邑大学学报［社会科学版］》2017 年第 1 期）

11. 黄海《姚华题画词平议》（《贵州文史丛刊》2017 年第 2 期）

12. 季淑凤《论苏曼殊诗歌译介与创作的现代性》（《辽东学院学报［社会科学版］》2017 年第 1 期）

13. 兰石洪《幽忧憔悴，苍劲姿媚——况周颐题画词析论》（《河池学院学报》2017 年第 6 期）

14. 李刚、鲁彦举《秋瑾诗词与李清照诗词的风格比较》（《文学教育［下］》2017 年第 4 期）

15. 李遇春、叶澜涛《现代中国画家旧体诗词的历史浮沉与演变趋势》（《江西师范大学学报［哲学社会科学版］》2017 年第 3 期）

16. 刘进进《汪渊及其〈瑶天笙鹤词〉》（《合肥师范学院学报》2017 年第 1 期）

17. 罗海燕《论华世奎诗歌对陶渊明的接受》(《名作欣赏》2017年第21期)

18. 吕立忠、余婧鑫《〈蓼园词选〉与〈谷诒堂词选〉》(《图书馆界》2017年第3期)

19. 马一平《石予悲吟〈乱离诗〉》(《钟山风雨》2017年第4期)

20. 潘承健《南怀瑾"禅诗"辑录品析》(《名作欣赏》2017年第29期)

21. 潘静如《时与变：晚清民国文学史上的诗钟》(《中山大学学报[社会科学版]》2017年第4期)

22. 潘琴《译海拾遗：苏曼殊译诗艺术特点研究》(《凯里学院学报》2017年第1期)

23. 彭玉平《论罗庄〈初日楼稿〉及其词学观念》(《江海学刊》2017年第2期)

24. 齐小刚《张大千咏花诗研究》(《内江师范学院学报》2017年第11期)

25. 任聪颖《政治遗民与文化遗民的"落花之咏"》(《太原师范学院学报[社会科学版]》2017年第2期)

26. 沈伯俊《我与旧体诗——〈诚恒斋诗草〉自序》(《现代语文[学术综合版]》2017年第3期)

27. 沈燕红、朱惠国《晚清民初学者冯开及其未刊抄本〈秋辛词〉》(《浙江社会科学》2017年第2期)

28. 宋柔力《驰域外之观写心上之语——论黄遵宪〈日本杂事诗〉中的日本形象》(《绥化学院学报》2017年第9期)

29. 谭述乐、吴照魁《学者翰墨知行合一——谈薛永年诗

书画印》(《荣宝斋》2017 年第 7 期)

30. 王刚《开国大将与诗词》(《党史博采［纪实］》2017 年第 11 期)

31. 王冉、李灿朝《朱祖谋词的隐秀艺术》(《湖州师范学院学报》2017 年第 11 期)

32. 王泽龙、高周权、朱绮《朱英诞旧体诗选介》(《新文学史料》2017 年第 3 期)

33. 吴昊《何遂〈叙圃词〉论略》(《湖北科技学院学报》2017 年第 5 期)

34. 谢天开《新旧版〈大波〉与成都竹枝词》(《中华文化论坛》2017 年第 4 期)

35. 徐燕婷《心同野鹤与尘远,诗似冰壶见底清——李亮伟〈冰壶集〉研究》(《宁波大学学报［人文科学版］》2017 年第 6 期)

36. 杨文钰、段晓华《丘逢甲、梁启超〈台湾竹枝词〉比较论》(《嘉应学院学报》2017 年第 6 期)

37. 叶宇涛《"天外残雷气未平"——钱锺书评〈广雅堂诗集〉》(《华中师范大学研究生学报》2017 年第 3 期)

38. 张白桦、胡雅洁《林语堂英译〈浮生六记〉的诗学风格》(《中州大学学报》2017 年第 5 期)

39. 张文轩《〈绛华楼诗集〉古体诗用韵阐绎》(《档案》2017 年第 5 期)

40. 张勇《论苏曼殊的禅诗》(《宁波广播电视大学学报》2017 年第 4 期)

41. 张兆勇《试论〈蕙风词话〉的思维独出及"词心"真相》

(《中国韵文学刊》2017 年第 4 期）

42. 赵丹超《况周颐词在甲午战争后的新变》（《名作欣赏》2017 年第 20 期）

43. 赵光《论吕碧城词》（《安徽文学［下半月］》2017 年第 9 期）

44. 赵京立《从〈人间词话〉看词之美学特质》（《天津职业院校联合学报》2017 年第 8 期）

45. 周桢舜《〈人间词话〉与李煜词》（《写作［上旬刊］》2017 年第 5 期）

46. 仲秋融《试析李叔同诗曲中的植物书写》（《遵义师范学院学报》2017 年第 5 期）

47. 周生《未竟指挥才，都付诗碑中——谈黄天骥教授的诗词与碑联创作》（《书城》2017 年第 6 期）

48. 周生杰《传统与变革：近代以来藏书诗的创作转型》（《苏州大学学报［哲学社会科学版］》2017 年第 6 期）

49. 子规《从陈寅恪的讽谕诗读他对国共两党的态度（下）》（《文史杂志》2017 年第 3 期）

（三）专题研究

1. 张晴柔《民国时期报刊妇女诗话略论》（《理论界》2017 年第 9 期）

2. 周军《现代期刊的旧体诗生态场域透析（1917—1927）》（《文学与文化》2017 年第 2 期）

3. 焦宝《论〈国风报〉〈庸言〉诗词与梁启超的诗学转变——以梁启超、朱祖谋与同光体诗人为中心》（《学习与探索》

2017年第41期)

4. 马卓、霍建波《论延安〈解放日报〉中旧体悼亡诗的精神价值》(《安康学院学报》2017年第5期)

5. 邱域埕、周晓风《再论抗战时期重庆版〈新华日报〉中的旧体诗》(《重庆第二师范学院学报》2017年第1期)

6. 周于飞《国诗大赛对网络守正体诗词创作的影响》(《西南科技大学学报〔哲学社会科学版〕》2017年第6期)

7. 陈景楠《〈毛泽东诗词〉英译本中翻译的模仿性探析》(《现代语文〔学术综合版〕》2017年第6期)

8. 魏艳《毛泽东词作中词牌名英译研究——以辜正坤、许渊冲、黄龙译本为例》(《湖南第一师范学院学报》2017年第3期)

9. 万新华《江山如此多娇——傅抱石的毛泽东诗意画》(《中国书画》2017年第5期)

(四)文献研究

1. 杨传庆《民国天津文人结社考论》(《文学与文化》2017年第1期)

2. 潘静如《清遗民诗词结社考》(《中国韵文学刊》2017年第4期)

3. 董就雄《试论香港古典诗社"璞社"之发展及其诗派趋向》(《华文文学》2017年第3期)

4. 杨传庆《"地下"唱酬——"文革"时期的梦碧词社》(《中国韵文学刊》2017年第2期)

5. 李鹤丽《民国社集〈戊午春词〉述略》(《南京师范大

学文学院学报》2017年第3期）

6. 赵家晨《同光体词人群体考论》（《南昌大学学报〔人文社会科学版〕》2017年第3期）

7. 姚康康《旧体诗词唱和中的鲁迅与郁达夫》（《书屋》2017年第1期）

8. 林远红、王兆辉《南京图书馆藏民国时期民俗唱词文献概览》（《江苏地方志》2017年第1期）

9. 袁志成《晚清民国词集序跋的文献价值》（《城市学刊》2017年第2期）

10. 王双庆《〈小学诗〉作者——清滑县教谕谢泰阶墓志考释》（《安阳师范学院学报》2017年第1期）

11. 许菊芳《刘永济〈新甲词〉系年考及东北大学时期心迹考》（《中国典籍与文化》2017年第1期）

12. 杨传庆《董康诵芬室校定本〈于湖先生长短句〉考识——兼及朱祖谋、吴昌绶之批校》（《文献》2017年第4期）

13. 程诚《雷瑨〈近人词录〉考》（《南京师范大学文学院学报》2017年第3期）

14. 程诚《上海图书馆藏〈宋本两种合印淮海长短句〉的价值及意义》（《古籍整理研究学刊》2017年第6期）

15. 雷克昌《湘版郁达夫诗词出版夭折始末》（《档案时空》2017年第1期）

16. 白冰《谢无量一九五六年〈行书诗稿册〉考论》（《中国书法》2017年第3期）

17. 师顺《陈荣昌评点〈滇诗拾遗〉辑抄（上）》（《普洱学院学报》2017年第4期）

18. 钱汝平《孤本稿本〈蕉阴补读庐诗稿〉考述》(《嘉兴学院学报》2017年第3期)

19. 邓江祁《〈石叟牌词〉写作时间新考》(《邵阳学院学报［社会科学版］》2017年第1期)

20. 胡为雄《少年毛泽东三首诗的来源质疑》(《毛泽东思想研究》2017年第5期)

21. 王筱筱、董俊珏《同光体闽派诗人李宣龚集外诗文四则》(《福建师大福清分校学报》2017年第3期)

22. 刘家思《新发现的应修人五篇诗文考论》(《现代中文学刊》2017年第6期)

23. 陈建男《陈匪石诗词辑补》(《中国韵文学刊》2017年第4期)

24. 孔令环《民国诗话中的杜甫评论》(《杜甫研究学刊》2017年第2期)

25. 尹龙《朱希祖与〈郦亭诗稿〉》(《书屋》2017年第1期)

26. 李金松《〈谈艺录〉与钱锺书的清诗研究》(《江苏第二师范学院学报》2017年第1期)

27. 刘志侠《一本书的命运——梁宗岱〈法译陶潜诗选〉的东还》(《书城》2017年第1期)

28. 陈汝洁《苏曼殊〈本事诗·春雨楼头尺八箫〉探源——兼谈王士禛"十年旧约江南梦"的笺释》(《泰山学院学报》2017年第1期)

29. 李长钰《风雨龙吟响彻空——简述龙榆生与陈三立、陈寅恪之交游书札》(《书法》2017年第11期)

30. 黄乔生《黄学·杂诗·日本——〈周作人致郑子瑜手札〉

编注后记》(《现代中文学刊》2017 年第 2 期)

31. 唐吉慧《唐圭璋致朱居易信札》(《检察风云》2017 年第 3 期)

32. 张瑞田《迟到的展示与叙说——龙榆生友朋手札读后》(《书法》2017 年第 11 期)

(五)诗词理论研究

1. 彭玉平《晚清民国词学的明流与暗流——以"重拙大"说的源流与结构谱系为考察中心》(《文学遗产》2017 年第 6 期)

2. 姜荣刚《"重拙大"源于书论说——晚清词学转向的文化与文学史背景分析》(《文艺理论研究》2017 年第 3 期)

3. 李明德、沙先一《朱祖谋"以苏疏吴"新论》(《南京师范大学文学院学报》2017 年第 3 期)

4. 王瑾瑜《三个维度的发展启示——黄遵宪〈日本杂事诗〉的近代化意识解读》(《产业与科技论坛》2017 年第 19 期)

5. 郭一丹《当代词学的发展与词体规范的建构——谢桃坊词学理论述评》(《社会科学研究》2017 年第 6 期)

6. 黄阿莎《"比兴"的歧途——从沈祖棻词学思想看现代词学与传统词学的分歧》(《泰山学院学报》2017 年第 1 期)

7. 付优《斜阳处·眼前语·旧香色——论民国女性词人的词艺拓展和词学思想》(《中国韵文学刊》2017 年第 3 期)

8. 邓菀莛《丘逢甲与维新人士的诗学交谊及中国诗学之现代转型》(《韩山师范学院学报》2017 年第 4 期)

9. 徐燕婷《民国女性词集二维研究》(《华东师范大学学报 [哲学社会科学版]》2017 年第 1 期)

10. 张响《民国时期唐宋词笺注的新变及其意义》(《贵州社会科学》2017年第3期)

11. 邹伯芬《旧诗中的香港》(《文史春秋》2017年第7期)

12. 张志烈《竹枝词里话成都——以20世纪上半叶成都竹枝词为例》(《西华大学学报[哲学社会科学版]》2017年第1期)

13. 李婕儒《〈中国现代旧体译诗研究〉评介》(《美育学刊》2017年第2期)

14. 吴可文《订补前贤之误漏，汇集闽词之大成——评刘荣平编〈全闽词〉》(《湖北科技学院学报》2017年第1期)

15. 袁韵《诗心史笔两相兼——评〈红蕖留梦——叶嘉莹谈诗忆往〉》(《文艺争鸣》2017年第12期)

16. 李光龙《从"客观"到"深观"——尹德翔〈晚清海外竹枝词考论〉读后》(《文艺评论》2017年第3期)

17. 卢冶《毛泽东时代的"旧体诗"功能——木山英雄〈人歌人哭大旗前：毛泽东时代的旧体诗〉述评》(《文艺争鸣》2017年第4期)

18. 饶杰腾《怎样读诗解诗品诗——〈民国国文教学研究文丛·选读卷〉内容提要》(《语文建设》2017年第7期)

19. 陆艳娇《"四读"让古诗意趣丰厚》(《华夏教师》2017年第1期)

20. 王晶晶《赵蕃诗法与高校诗词创作教学研究》(《高教探索》2017年第S1期)

21. 陈淮高《对仗在古诗教学中的价值及应用》(《语文知识》2017年第9期)

22. 成旭梅《古典诗歌教学空间摭谈》（《语文建设》2017年第25期）

23. 李方《论习近平的诗教观对提高青年素养的价值》（《吉林省教育学院学报》2017年第9期）

24. 张艳霞《对诗词写作的思考与尝试》（《教育实践与研究［B］》2017年第10期）

25. 邓志武《古诗词艺术歌曲的创作与演唱》（《贵州大学学报［艺术版］》2017年第3期）

26. 罗群《〈蝶恋花·答李淑一〉的音乐特征与演唱分析》（《当代音乐》2017年第1期）

27. 黄意明《恢复诗歌的歌唱传统》（《博览群书》2017年第3期）

28. 刘延峰、张桂英《唤醒国人内心深处的文化自信》（《吉林人大》2017年第3期）

29. 黄仁生《旧体诗词"不肯服输"是规律使然》（《博览群书》2017年第3期）

30. 昝圣骞《论清末民初词体声律学的新变》（《文艺研究》2017年第2期）

31. 昝圣骞《论词体声律学的建构及其意义》（《南京师大学报［社会科学版］》2017年第2期）

32. 马大勇、杜运威《论民国"守四声"风气的生成演变与午社词人的拨乱反正》（《贵州社会科学》2017年第3期）

33. 彭建楠《中体西用与通贯治学：王国维研究的立场与方法——〈王国维词学与学缘研究〉评介》（《中国韵文学刊》2017年第2期）

34. 石清《论王国维"境界说"的理论渊源》(《美与时代[下]》2017年第1期)

35. 黄伟、陈冬《境界之匙：王国维诗学中"观"的进化》(《西南大学学报[社会科学版]》2017年第1期)

36. 高芳卉《从关联理论看毛泽东诗词中文化负载词的翻译》(《吉林省教育学院学报》2017年第6期)

37. 吴怀东、尚丽姝《论咏物诗研究的基本问题与当代进展》(《淮北师范大学学报[哲学社会科学版]》2017年第3期)

38. 朱兴和《"文学革命论"与陈独秀的旧诗创作实践》(《文艺研究》2017年第11期)

39. 陈圣争《现代旧体诗词之得失》(《粤海风》2017年第6期)

40. 周洋《晚清同光体之诗学差异》(《黄河科技大学学报》2017年第5期)

41. 贺根民《近世易代之际的诗学演进特质》(《云南社会科学》2017年第3期)

42. 戴勇《〈中华诗词〉的诗论与新时期旧体诗词文体地位的重申》(《名作欣赏》2017年第11期)

43. 贺根民《未曾断裂的传统：近世易代之际诗学观念研究述评》(《苏州科技大学学报[社会科学版]》2017年第5期)

44. 张静《论历代诗法著作中的体系建构》(《天中学刊》2017年第2期)

45. 孙银霞《晚清诗论中的"百家争鸣"及时代成因》(《学术交流》2017年第3期)

46. 周景耀《没有历史的诗学——钱锺书的宋诗研究及其

诗学观念的变异》(《清华大学学报[哲学社会科学版]》2017 年第 1 期)

　　47. 张福勋《钱锺书宋诗研究之比较法》(《阴山学刊》2017 年第 3 期)

　　48. 毛芝莉《沈尹默论书诗中的"古今""碑帖"谈》(《中国书法》2017 年第 1 期)

　　49. 吴蓓《二十一世纪词学研究方法论刍议》(《浙江学刊》2017 年第 6 期)

　　50. 潘吉英《论闻一多的"四杰"两派说》(《许昌学院学报》2017 年第 6 期)

　　51. 潘吉英《论闻一多宫体诗的"自赎"说》(《宁夏师范学院学报》2017 年第 4 期)

　　52. 孙基林《闻一多、朱自清的"诗言志"辨说》(《中国现代文学研究丛刊》2017 年第 11 期)

　　53. 潘吉英《闻一多"类书式的诗"论述评》(《聊城大学学报[社会科学版]》2017 年第 4 期)

　　54. 潘吉英《论闻一多闻孟同体的孟浩然说》(《济宁学院学报》2017 年第 6 期)

　　55. 钱得运《朱宝莹〈诗式〉简论》(《聊城大学学报[社会科学版]》2017 年第 5 期)

　　56. 黎聪《论温丹铭〈潮州诗萃〉的"选外之旨"》(《文艺评论》2017 年第 4 期)

　　57. 金春媛《张伯驹词话：20 世纪王国维之后的词论佳构》(《深圳大学学报[人文社会科学版]》2017 年第 4 期)

　　58. 杨梅英《儒家文化视域中的叶嘉莹诗评探论》(《宜

宾学院学报》2017年第4期）

59. 郑利权、潘安东《通会与化境——论吴昌硕诗书画印融通观及其意义》（《中国书法》2017年第10期）

60. 杨天才《吴昌硕诗书画印相融思想及当代意义阐释》（《中国书法》2017年第10期）

61. 毛序竹《自主性灵：齐白石诗艺美学的核心观念》（《江汉论坛》2017年第4期）

62. 荣光启《词语旅行与文化想象：晚清诗歌的一种现代性》（《北方论丛》2017年第4期）

63. 朱易安《近代竹枝词的女性图景和空间转向》（《江海学刊》2017年第5期）

64. 石了英《论高友工的中国抒情传统建构——中国抒情诗史的文体学考察》（《南京师范大学文学院学报》2017年第1期）

（六）研究综述

1. 郭孟杰《饶宗颐词学研究文献综述》（《名作欣赏》2017年第17期）

2. 李俊勇《"2016·词学国际学术研讨会"会议综述》（《文学遗产》2017年第1期）

3. 沈文凡、杨辰宇《"民国四公子"之一张伯驹研究综述》（《吉林师范大学学报[人文社会科学版]》2017年第5期）

4. 石可晗《叶嘉莹以西方现代文学理论反观中国传统词论研究述评》（《内蒙古电大学刊》2017年第4期）

5. 王亚伟《常州词派研究百年》（《古籍整理研究学刊》

2017年第6期）

6.殷韵《尤侗研究三百年》（《湖北科技学院学报》2017年第6期）

7.刘茜《近五年中国古代诗学研究概观》(《美与时代[下]》2017年第3期）

8.查秀芳《近四十年来黄遵宪诗歌与诗论研究综述》(《甘肃广播电视大学学报》2017年第2期）

9.陈水云、吴莹《20世纪以来满族诗学理论研究述评》(《语文学刊》2017年第3期）

10.蒋述卓《百年海外华人学者的文学理论与批评》(《文学评论》2017年第2期）

★限于目力所及，本附录尚有文献遗漏，敬请方家查漏补遗。

附录五　高校格律诗词课程及任课教师情况初步统计

序号	学校	课程名称	任课教师	备注
1	中山大学	格律诗词写作	张海鸥、谭步云、钟东、黎国韬、陈慧等	教材为张海鸥主编《诗词写作教程》等；学生诗社为岭南诗词研习社；诗社刊物为《粤雅》
2	北京大学	诗词创作与理论	钱志熙、张一南	学生诗词社团为北社
3	清华大学	诗词格律与写作	王步高	
4	南京大学	诗词写作课	程章灿	学生诗词社团为林下诗社
4	南京大学	古典韵文格律与写作	冯乾	
5	东南大学	诗词格律与创作	王步高	
6	南京师范大学	诗词格律与写作	钟振振	
7	华东师范大学	诗词写作	胡晓明、刘永翔、李舜华	
8	复旦大学	诗词写作	侯体健	
9	上海大学	古典诗词写作公共选修课	李翰	
10	上海师范大学	诗词写作课	曹旭	

（续表）

序号	学校	课程名称	任课教师	备注
11	武汉大学	诗词写作课	尚永亮等	教材为尚永亮《唐诗艺术讲演录》《唐宋诗分类选讲》等；学生诗社为春英诗社、浪淘石文学社等
12	华中科技大学	诗词写作选修课	占骁勇	
13	中南民族大学	诗词吟唱与创作	涂波	
14	浙江大学	诗词写作	胡可先、陶然	
15	四川大学	诗词写作	周裕锴、伍晓蔓	学生诗社为望江诗社
16	吉林大学	诗词写作	马大勇	
17	辽宁师范大学	诗词写作	邹志勇、曹丽芳	
18	暨南大学	诗词习作选修课	赵维江	
19	华南师范大学	诗词写作	陈建森	学生诗社为召南诗社
20	南昌大学	诗词写作	段晓华	
21	贵州大学	汉语诗法与诗律、诗歌创作入门选修课	赵永刚	教材为王力《诗词格律》《汉语诗律学》；学生诗社为贵州大学诗词学会、桃源诗社、麟山诗社、未央诗社；诗词刊物为《贵大吟苑》

/ 附录五　高校格律诗词课程及任课教师情况初步统计 /

（续表）

序号	学校	课程名称	任课教师	备注
22	贵州师范大学	诗词写作选修课	唐定坤	教材为《会山堂初集》《经典诵读导引》；学生诗社为嘤鸣社、纫兰诗社；诗词刊物为《嘤鸣集》
23	西安交通大学	诗词写作	金中	教材为《诗词创作原理》；学生诗社为沧浪诗社
24	首都师范大学	诗词写作	檀作文	学生诗社为周南诗社、雅韵古诗文社；诗词刊物为《心缘诗刊》
25	中国地质大学（北京）	中国诗词创作史	褚宝增	
26	河北大学	诗词写作	田玉琪	
27	河北师范大学	诗词写作选修课	江合友	学生诗社为春秋诗社；诗社刊物为《慧泉诗词》
28	云南大学	诗词写作	刘炜	
29	阜阳师范学院	诗词写作	郑虹霓	
30	南通大学	古典诗词创作讲堂	周建忠	
31	深圳大学	诗词写作选修课	潘海东等	教材为潘海东自编讲义等；诗词刊物为《一苇》
32	广州大学	诗词写作	雷淑叶	
33	佛山学院	大学生诗词创作与鉴赏选修课	万伟成	

（续表）

序号	学校	课程名称	任课教师	备注
34	韩山师范学院	大学生诗词写作必修课	赵松元、陈伟、张文胜、殷学国	教材为张海鸥主编《诗词写作教程》；诗词社团为馀社；诗词刊物为《馀音》
35	惠州学院	诗词写作	杨子怡	教材为张海鸥主编《诗词写作教程》；学生诗社为风辰诗社；诗词刊物为《风辰诗刊》
36	肇庆学院	诗词写作选修课	丁楹、唐碧红	学生诗社为西江诗社；诗词刊物为《西江诗词》
37	广东技术师范学院	古典诗词写作选修课	祁丽岩、杨芙蓉、徐拥军	教材为张海鸥主编《诗词写作教程》《唐宋诗词经典导读》；诗词社团为珠江月诗社
38	广东第二师范学院	格律诗词写作	侯立兵	
39	澳门大学	诗词写作	施议对	
40	香港中文大学	诗词写作	黄坤尧、程中山	
41	香港城市大学	诗词写作	刘卫林	

附录六 2017年诗词文化活动举例

［编者按］2017年全国性以及地区性诗词文化活动举办次数、规模以及形式均呈现多样化特点。此处枚举部分个案，以供研究之用。

一月

1月25日，中共中央办公厅、国务院办公厅印发了《关于实施中华优秀传统文化传承发展工程的意见》，并发出通知，要求各地区各部门结合实际认真贯彻落实。《意见》提出："加强对中华诗词、音乐舞蹈、书法绘画、曲艺杂技和历史文化纪录片、动画片、出版物等的扶持。"

1月29日至2月7日，中央电视台科教频道自主研发，国家语言文字工作委员会和共青团中央联合主办的《中国诗词大会》第二季在中央电视台综合频道连续播出。

1月至5月31日，"诗咏承德·全国旅游诗词楹联大赛"举办。该活动由《诗词之友》编辑部、承德市作家协会主办，承德市文广新局等单位协办。

1月、11月，由安徽少年儿童出版社出版了从幼儿园到初中三年级的《新教育晨诵》下册读本13本。《新教育晨诵》由著名教育家、新教育发起人朱永新，新教育研究院院长、特级教师许新海，著名儿童文学作家、新家庭教育研究院理事长童喜喜联袂主编。

二月

2月17日，由中华诗词学会和中国书籍出版社共同举办的《"诗词飞扬"作品精选》座谈会在京召开。

2月19日，内蒙古诗词学会在年度工作会议上决定：设立两年一度的"正北方诗词奖"，对全区诗词工作中两年来成绩突出的先进集体、先进个人和优秀作品进行了奖励。对激励全区各级各类诗词组织做好工作，出好作品，具有重要意义。

2月28日，由北京东方中国诗书画院会同解放军红叶诗社、北京诗词学会、北京苏轼文化研究会等单位在北京红太阳生态园举办"龙吟盛世凤舞升平——丁酉二月二诗家雅集"活动。

三月

3月1日下午，中华诗词研究院与中央电视台、中华诗词学会在北京中央文史研究馆联合举办了《中国诗词大会》座谈会。

3月20日，由中华诗词研究院主办的"'二十世纪诗词史料整理与研究'阶段性成果征集意见会"在北京格兰云天大酒店召开。

3月24日，中华诗词学会在北京举行了"纪念中华诗词学会成立30周年暨'首届沈鹏诗书画奖'大赛活动"的新闻发布会。

3月28日上午，山东省滨州市举办全国诗词名家"咏滨州颂油田"诗词采风活动。

3月31日下午，由中华诗词研究院、华鼎国学研究基金会、中央人民广播电台技术制作中心、首都互联网协会以及众多媒体共同举办的"清明遇见诗歌"清明专场诗词文化活动在国家博物馆顺利召开。

3月，由教育部语言文字应用管理司和中华诗词学会主办，中华诗词学会学术部承办，江苏省语言能力协同创新中心、中国教育和科研计算机网（www.edu.cn）协办的中华新韵诗词创作征集活动正式启动。

四月

4月3日，福建省诗词学会与福建省林白水研究会联合在闽侯县青口镇举办纪念报界先驱林白水烈士诗会。

4月7日，福建省浦城县政府在视频会议室召开了创建中华诗词动员大会，安排部署了相关创建工作。

4月7日，山东省诗词学会散曲社成立。崔景舜任会长，刘进美任副会长。

4月8日，云南省诗词学会与玉溪市作家协会在玉溪聂耳大剧院会议室共同举办了"贾来发诗词集《闲吟寄兴》作品研讨会"。

4月14日上午，山东省淄博市淄川诗词学会响应区委区政府号召，走进"中国企业文化建设示范基地"——鲁泰纺织集团参观采风，诗词学会韩京城会长等36位诗友参加了活动。

4月15日，由文化部恭王府管理中心和天津南开大学共同主办的第七届"海棠雅集"在天津南开大学举行。

4月18日，由中华诗词学会、中共开封市委宣传部、加拿大中华文化研究院主办，开封诗歌学会第四届"诗兴开封"国际诗歌大赛正式启动。

4月20日，山西诗词学会授予原平市"山西散曲之乡"称号，中华诗词学会会长郑欣淼亲自揭牌，为中华散曲的大发展揭开了新的一页。

4月20日，由江西省诗词学会主办、丰和营造集团承办的第三届丰和谷雨诗会在中山艺术馆召开。

4月21日,中华诗词研究院在北京五洲大酒店召开了"丝绸之路诗词"专题项目成果验收会,"丝绸之路诗词"手机版上线运行。

4月22日,江西九江被授予"中华诗词之市"称号,召开"九派诗会"。

4月23日,"李长虹《秋水长天集》出版座谈会"在云南省诗词学会办公室召开。

4月24日,山东省诗词学会诗词教育中心成立。山东省诗词学会办公室副主任孙伟任诗教中心主任。

4月28日至5月20日,山东省日照市开展"我们的节日·端午"中华诗词征文工作。

4月,四川省诗词协会在遂宁市举办了黄峨散曲研讨会。

五月

5月6日,山东省安丘市诗词楹联协会成立大会在安丘"山东辅唐文化艺术中心"四楼会议室隆重举行。

5月15日,吉林省诗词学会召开座谈会,纪念省诗词学会成立30周年。

5月19日,为贯彻落实中组部《关于加强社会团体党的建设工作的意见》,根据上级部署,云南省诗词学会召开在昆明党员大会,按照党章规定进行了差额投票选举,最后选出5人组成支部委员会,建立了云南省诗词学会功能型党支部。

5月24日,正值端午节前夕,中华诗词研究院在北京召开"端午节诗歌与诗歌中的端午节"学术座谈会。

5月25日,中华诗词研究院会同东方木兰荟艺术团,在杨志新副院长和著名表演艺术家李元华的带领下,在河北省丰宁县王营乡胡里沟村，为村民们奉上了一台精彩的文艺节目。

5月25日，安徽省诗词学会在宣城市宣州区召开"全省诗教工作回头看座谈会"，安排宣州区在会上介绍经验。

5月31日，纪念中华诗词学会成立30周年暨促进诗词文化繁荣发展座谈会在北京全国人大会议中心举行。

5月至8月中下旬，云南省监狱管理局与云南省诗词学会经过联系协商，就传统诗词进监区达成共识，举办了"诗润心灵"诗词系列讲座10期。

六月

6月2日，由中华诗词研究院、中文天地出版传媒股份有限公司联合主办的《诗词诵读与写作》教材策划会，在北京五洲大酒店召开。

6月2日，由中华诗词研究院、北京诗词学会主办的第十二届北京端午诗会在北京国子监举行。

6月2日，山东省《老干部之家》杂志社"齐鲁诗教先进单位"挂牌仪式在颐心苑举行。

6月2日，江西省诗词学会弦歌吟唱专业委员会成立大会在南昌市古韵集团举行，选举周水涛为会长，张小华秘书长代表学会前往祝贺。

6月9日，由中华诗词学会主办的"纪念中华诗词学会成立30周年暨'首届沈鹏诗书画奖'大赛"颁奖仪式和获奖作品展览开幕式在中国政协文史馆展览厅举行。

6月10日至11日，海南省诗词学会组织全省50名吟友到临高县采风两天迎战"文澜杯"全国征诗比赛。

6月30日至7月2日，云南省诗词学会老中青一行12人在朱籍会长的带领下应邀到会泽县进行交流考察。

七月

7月1日，由济南中华文化促进会、山东省诗词学会、济南名泉文化研究会、山东画报出版社共同举办的"清泉流韵庆七一"——梁骞先生《诗上泉声》作品研讨会在济南成功举办。

7月21日，上海诗词学会举办"诗词讲堂——我的创作谈和诗词观"活动，专家们就如何将当代生活融进古体诗词，使其既具当代社会质感又不缺乏诗意的创作追求做了深入浅出的讲演。

7月10日，"陈安民《金筑子网络诗文集·续集》研讨座谈会"在云南省诗词学会举行。

7月11日，山西省诗词学会和晋城银行共同主办"晋城银行杯"全国诗词大赛。

7月20日，国家语言文字工作委员会、教育部语言文字应用管理司在天津南开大学召开第一次普通话吟诵研究与传承学术研讨会，田司长、原司长姚喜双、叶嘉莹先生、语用所靳光瑾所长、著名朗诵家方明、知名吟诵学者以及几个省市语委办负责人出席了会议。

7月25日，中华诗词研究院在北京召开了全国部分诗社负责人座谈会，浣花诗社、西山诗社、枌榆诗社、胡杨诗社、沧浪诗社、雪柳诗社、扬波诗社、木兰诗社、半亩塘诗社、遂宁诗词、伊犁诗词学会、文墨诗魂吧及搜韵网等近二十家诗社、诗词组织代表参加会议。

7月30日，山东省诗词学会启动"书香山东，声动齐鲁"咏诵公益文化品牌项目。

八月

8月9日，以"相遇诗歌，相遇美好"为主题，在新教育萤火虫之夏暨第八届新教育种子研训营中举行了隆重的萤火诗会。

8月13日至19日，由中华诗词学会主办、世界华侨华人社团联合总会协办的第二届中华诗词高级研修班在天津武清京滨工业园经济开发区举办。

8月20日，辽宁省诗词学会联合辽宁老年网、沈阳金太阳养老中心，组织近百人成功举办了"喜迎十九大诗词朗诵大会"。

8月，天津市诗词学会与天津楹联学会共同承办了京津冀诗联书法联谊活动及"全国诗联名家看天津——和平"采风活动。

九月

9月20日上午，由中华诗词研究院组织专家撰写、中国书籍出版社出版的《中华诗词发展报告（2016）》出版座谈会在京召开。

9月21日至22日，组织诗人赴甘肃、新疆等地进行了为期半个月的丝路采风，创作了大量的诗词作品，在报纸、网络、企业公众微信平台予以了充分展示，得到了社会各方面的好评。

9月22日、26日，江西省诗词学会派人先后参加吟诵专业委员会高安分会成立大会、新钢工人散曲社成立大会。

9月23日，由银川市西夏区人民政府、宁夏诗词学会、宁夏作家协会《朔方》编辑部联合举办了"西夏杯"《朔方》诗词奖评奖活动和颁奖晚会。

9月24日，宁夏诗词学会12部诗词作品研讨会在自治区政协9楼会议室召开。11位评论家对12位诗人的诗词作品集和文学评论集分别进行了专题评论。

9月27日至29日，河北省诗词协会成立30周年纪念大会在河北省保定市顺平县白银坨景区隆重举行。

9月，由山东省诗词学会办公室整理实施了全省会员信息普查工作；《当代中华诗词集成·山东卷》由山东画报出版社出版。

9月，四川省诗词协会在宜宾市举办了爱国主义诗教研讨会。

9月，浙江省诗词与楹联学会召开《浙江当代诗词选》研讨会。

十月

10月6日，由中华全国学生联合会、中华诗词学会和中华诗词研究院主办，湖北省学生联合会、华中师范大学、湖北省荆门聂绀弩诗词研究基金会、湖北省中华诗词学会承办，楚世家(武汉)传媒有限公司"诗词世界"微信公众平台协办2017年"聂绀弩杯"大学生中华诗词邀请赛在华中师范大学音乐厅成功举办。

10月8日，海南省诗词学会与文昌市诗文学会组织了60名诗友，到文昌市青山采访莲雾基地。

10月11日至13日，由中华诗词学会主办、河北省磁县人民政府和邯郸市诗词学会承办的全国第三十一届中华诗词研讨会暨中华诗词学会四届三次常务理事会在河北省磁县溢泉湖度假村召开。

10月22日上午，福建省诗词学会召开会长办公会议，专题学习习近平总书记所做的党的十九大报告。

10月26日，中华诗词研究院联合国家图书馆艺术中心，在国家图书馆艺术中心大厅，举办了庆祝党的十九大胜利召开暨"今又重阳"诗词晚会。

10月27日至29日，中华诗词研究院和复旦大学中文系联合主办的第二届中华诗词古今演变研究学术研讨会，在上海市瀚海明玉大酒店顺利召开。

10月27日至30日，山西省祁县举办第三届国际"王维诗歌节"。

10月27日，首届"中国·白帝城国际诗歌节"在重庆市奉节县开幕。

10月，山东省诗词学会委托耿建华主编的《诗词格律简明手册》由山东画报出版社出版。

十一月

11月3日至5日，第三届聂绀弩诗词奖评审工作结束，获奖名单揭晓。叶嘉莹先生（天津）获得聂绀弩诗词成就奖；星汉教授（新疆）、曾人口先生（台湾）获得聂绀弩诗词创作奖；钟振振教授（江苏）、梁东先生（北京）获得聂绀弩诗词评论奖；周清印先生（北京）获得聂绀弩诗词新秀奖。

11月7日至8日，内蒙古诗词学会完成了"'富德生命人寿杯'迎接内蒙古自治区成立70周年全区诗书画联第三年度评展"活动，为连续三年的评展工作画上了圆满的句号。共征集全国各地诗联作品10000余件，评选出等级奖诗词作品8件，优秀奖作品50件。

11月12日，山东省滨州市诗词学会在滨州市老干部活动中心举办词创作研修班。

11月10日至13日，江西省芦溪县委县政府主办"全国文化名家芦溪行"活动。

11月14日，"寇梦碧先生诞辰百年"纪念活动在天津市开展。

11月17日，中华诗词研究院主办的"古典传统的延续：二十世纪诗词与新诗——第四届'雅韵山河'当代中华诗词学术研讨会"在北京五洲大酒店召开。

11月18日，中华诗词研究院又召开2017年度财政部专项资金支持项目"二十世纪诗词史料整理与研究（1949—1999）"阶段性成果审稿会。

11月18日，全球汉诗总会第十三届国际诗词研讨会在潮州韩山师范学院会议楼召开。

11月5日，陕西省诗词学会举办了"中华诗词长安大讲堂"。

11月28日至30日，由中华诗词学会主办的"全国诗教工作（镇江）会议"在江苏省镇江召开。

11月，由中华诗词学会主办、两年一次的第七届"华夏诗词奖"评奖工作正式启动。

11月，《当代中华诗词集成·河南卷》由中原出版传媒集团文心出版社出版。

11月，云南省诗词学会选编的《云南历代女子诗词选》一书，由云南出版集团云南人民出版社正式出版发行。

十二月

12月1日，中国作协诗歌委员会学习贯彻党的十九大精神座谈会在北京举行。

12月1日，中华诗词学会在江西省高安县周德清纪念馆举行中华曲文化基地授牌仪式。19日，在汤显祖纪念馆举行中华曲文化基地授牌仪式。20日，在铅山蒋士铨纪念馆举行中华曲文化基地授牌仪式。

12月5日，山东省青岛市即墨区被评定为中华诗词之乡。

12月8日至10日，中华诗词研究院和中南大学联合主办的第三届"当代诗词创作批评与理论研究青年论坛"，在湖南省长沙市顺利举行。

12月9日，第三届"诗词中国"传统诗词创作大赛颁奖典礼在人民日报新媒体大厦一号演播厅举行。活动现场颁发了本届大赛成人组和青少组的年终创作奖，并表彰了对大赛给予大力支持的单位和组织。吉尼斯世界纪录认证官现场宣布第三届"诗词中国"挑战吉尼斯世界纪录"最大规模的诗词竞赛"称号成功，并颁发了挑战证书。

12月15日，在山东省艺术馆举办"不忘初心 砥砺前行——学习贯彻十九大精神"山东省诗词学会诗书画研究院作品展。

12月16日，在海南省文昌市举办文昌市中小学师生诗词朗诵比赛，取得了良好的效果。

12月19日，"中华诗词之乡"授牌仪式在河北省衡水市阜城县举行。阜城县检察院、古城镇、崔庙镇、阜城县第一小学获得"中华诗教先进单位"荣誉称号。

12月19日，黑龙江省诗词学会在哈尔滨浅语隆重举行签约揭牌仪式，巩固发展哈尔滨监狱的"大墙诗教"成果。

12月28日，湖北省襄阳市举办"孟浩然田园诗词论坛暨颁奖大会",中华诗词学会、中华诗词研究院、云南中华文化学院、辽宁省诗词学会、湖北省中华诗词学会等的代表出席了本次会议。

图书在版编目(CIP)数据

中华诗词发展报告. 2017 / 中华诗词研究院编. —
北京：中国书籍出版社，2018.6
ISBN 978-7-5068-6925-6

Ⅰ.①中… Ⅱ.①中… Ⅲ.①诗词研究—研究报告—
中国—当代 Ⅳ.①I207.2

中国版本图书馆CIP数据核字(2018)第145948号

中华诗词发展报告(2017)

中华诗词研究院 编

责任编辑	宋 然
责任印制	孙马飞 马 芝
封面设计	东方美迪
出版发行	中国书籍出版社
地 址	北京市丰台区三路居路97号（邮编：100073）
电 话	（010）52257143（总编室） （010）52257140（发行部）
电子邮箱	eo@chinabp.com.cn
经 销	全国新华书店
印 刷	河北省三河市顺兴印务有限公司
开 本	880毫米×1230毫米 1/32
字 数	176千字
印 张	7.5
版 次	2018年7月第1版 2018年7月第1次印刷
书 号	ISBN 978-7-5068-6925-6
定 价	30.00元

版权所有 翻印必究